The Womanizer

Supergeile 18

So Jung, Schön, Sexy & Versaut

AF221498

The Womanizer

Supergeile 18

So Jung, Schön, Sexy & Versaut

Bibliografische Informationen der Deutschen Nationalbibliothek
Die Deutsche Nationalbibliothek verzeichnet diese Publikation in der
Deutschen Nationalbibliografie; detaillierte bibliografische Daten sind
im Internet über dnb.dnb.de abrufbar.

Printed in Germany

ISBN 978-3-7528-2472-8

Herstellung und Verlag: BoD – Books on Demand, Norderstedt

Supergeile 18

So Jung, Schön, Sexy & Versaut

The Womanizer

Inhaltsverzeichnis

Supergeile 18

Die Zahl 18 ist eine magische, denn sie beschreibt genau die Eigenschaften, die mir an Frauen wichtig sind: So Jung, Schön, Sexy & Versaut! Die Rede ist von Göttinnen, die soeben die Grenze vom Mädchen zur Frau überschritten haben und sich in einem überaus reizvollen Alter befinden. Nicht nur für mich. Sondern für alle heterosexuellen Männer dieser Schöpfung.

Kommt schon, Guys, wer steht nicht auf Sweet Little Eighteen bzw. Eightteen? Wenn ein Mädchen langsam zur Frau und endlich volljährig wird, steht sie uns offen. Oh yeah! Ihre süßen, noch mädchenhaften Rundungen, ihr straffer, faltenfreier Körper, ihr naiver, unschuldiger Blick – all das verführt mich ungemein.

Doch noch mehr verführen mich die 18-jährigen Luder, die im Bilde sind, was sie da tun. Die es darauf anlegen. Die um Analsex betteln, das Fesselspiel beherrschen, Sperma genüsslich schlucken und genau wissen, wie sie den Mann, also mich, genial befriedigen können. Die Mädels, die versaut sind und mit 18 bereits alle möglichen Tabus abgelegt haben, um im Bett ihre und meine Erfüllung zu erleben. Gott, ist das geil!

Als Familienvater Ende 30, der ich nun bin, mit der tollen Andrea verheiratet und Vater zweier wundervoller Kinder, als renommierter TV-Produzent und Gutverdiener, ist es mir eine Ehre, auch heute noch mir das zu holen, was ich möchte. Sexuell. Das muss nicht immer 18 sein, aber hin und wieder sind sie noch dabei, die jungen Küken. In meinem Leben habe ich bereits über 1.500 Frauen im Bett gehabt, davon waren sicher ca. 100 dabei, die Sweet Little Eighteen waren.

Aufgrund großer Nachfrage meiner treuen männlichen Leserschaft und Bewunderer, und da diese Bettgeschichten meine wertvollsten sind, habe ich nun für Euch meine besten sexuellen Erlebnisse mit 18-jährigen Girls zusammengestellt. Und dabei festgestellt: Ein Buch reicht dafür nicht aus! Dies ist Teil 2, die geile Fortsetzung von „Geile 18"! Auf geht's in einen supergeilen Liebestrudel, denn sie sind So Jung, Schön, Sexy & Versaut!

Lynn, die Bildhübsche

Uschi wurde 30. Uschi ist eine meiner Lieblingskolleginnen in der Arbeit und eine überaus nette und kompetente Frau. Keine Schönheit, aber dafür integer, menschlich von allerbestem Holz. Sie hatte über 30 Freunde und Kollegen geladen und feierte bei ihr zu Hause in ihrer schönen 4-Zimmer-Wohnung in München-Schwabing.

Zwischen vielen bekannten Gesichtern entdeckte ich ein mir unbekanntes. Eine bildhübsche, junge Frau im langen Kleid saß auf dem roten Sofa und unterhielt sich mit meinem Kollegen Paul. Ich begab mich zu den beiden und drückte Paul herzlich, der mir daraufhin die Dame vorstellte: „Lynn, sie ist Model und Uschis Nachbarin."

„Überaus erfreut", grinste ich und begrüßte die blonde Schönheit mit einem Handkuss. Lynn war knackige 18 und hatte eine atemberaubende Figur. Ihre Finger glitzerten voller Ringe, ihr Lippenstift schimmerte puffrot und ihr Lächeln zauberte einen Knüppel in meine Hose.

Pauls iPhone klingelte, er verabschiedete sich auf den Balkon, also konnte ich Lynn näher kommen. Wir unterhielten uns gut und Lynn erzählte mir, dass sie aus Birmingham, England stammt und seit 10 Monaten in Deutschland als Model arbeitet. „Ich bin in halb Europa unterwegs und erlebe echt viel", lächelte sie zweideutig. Das glaubte ich ihr gerne. Das Gespräch verlagerte sich auf den zweiten Balkon, wo wir ganz für uns waren. Lynn flirtete nicht schlecht mit mir und berührte immer wieder meine Hand. Sie wollte also. Na gut, dann in die Offensive!

„Hast Du heute Abend schon etwas vor?", fragte ich sie neugierig. „Was denn?", fragte sie zurück. „Zum Beispiel eine TV-Serie schauen, ein Bad nehmen, Sex mit jemandem haben, direkt schlafen gehen". „Hoppla Hopp", fiel sie mir kichernd ins Wort, „Du hast aber Ideen!" „Wieso denn? Ist doch nichts Verrücktes dabei." Sie schaute mir tief in die Augen: „Hättest Du Lust, etwas davon mit mir zu machen?" „Wir könnten uns vor den Fernseher hocken und einen Film schauen."

Schob ich ihr meinen verpackten Vorschlag auf Sex rüber. „Hast Du Lust?" „Ja, warum nicht", grinste sie und blickte auf die C. „In 15 Minuten bei mir?" „Yes", bestätigte ich ihr den Termin, „dann bis gleich!"

Ich verabschiedete mich von Uschi und dankte ihr für die Einladung, dann verließ ich ihre Wohnung und ging einige Stockwerke höher, wo ich bei Lynn klingelte. Die öffnete mir in einem Hauch von Sünde. Sie hatte ihr Kleid gewechselt und nun ein fast durchsichtiges an. Ich konnte ihre Brüste deutlich erkennen: Sie waren fest, rund, einfach perfekt.

Die Lynn führte mich zum Sofa, wo sie neben mir Platz nahm und den Fernseher einschaltete. „Was sollen wir denn gucken?", fragte sie neckisch und drückte mir die Fernbedienung in die Hand. Ich zappte durch und blieb bei „Dr. House" hängen. „Der ist witzig!", stellte ich fest und konzentrierte mich provokant auf die Serie. Lynn schien irritiert zu sein und brauchte 2 Minuten, um sich etwas einfallen zu lassen. Dann streifte sie sich ihr Kleid ab und ließ es in meinen Schoß fallen. Damit hatte sie meine volle Aufmerksamkeit.

Ich drehte mich zu ihr hin und betrachtete sie. Ihr Körper war einfach genial, gemeißelt aus der Liebe Gottes und der Sünde Teufels. Sie grinste mich an und wartete auf meine Reaktion. Die kam. Ich küsste sie. Lynn küsste fleißig mit und steckte mir ihre gepiercte Zunge zwischen die Zähne. Schnell war mein Hemd ausgezogen und meine Hose baumelte an den Beinen. Lynns Hand befand sich in meinem Schritt und streichelte meinen Schaft. Ich küsste ihre Brustwarzen hart und ihre Muschi nass. Sie legte sich aufs Sofa und drückte mir ein Kondom in die Hand.

Ich stieß in sie ein und fickte sie. Lynn stöhnte laut, ihre Pussy war wunderschön. Ein zarter, dunkelblonder Schamhaarstrich schmückte den Venushügel, ihre Haut war glatt, rein und glänzte. Ich trieb es immer härter und wilder, dann wollte sie auf mich drauf und ritt mich nach allen Regeln der Kunst.

Ich spürte meinen Orgasmus kommen und kündigte ihn an. Lynn sprang schnell von mir herunter, zog das Kondom ab und wichste meinen Saft in ihr kleines Gesicht. Sie machte es genauso, wie es in Pornos üblich ist:

Mein Sperma spritzte ihr ins Face, in die Augen, die Nase, den Mund. Es war geil! Als alles raus war, reduzierte sie Tempo und Druck ihrer Dienstleistung und strahlte mich an: „Und, hat es Dir gefallen?" „Ja, war verdammt geil!", antwortete ich und wischte mir mit dem nächstbesten Handtuch meinen Schwanz sauber.

Lynn wollte duschen, um sich vom Sperma zu befreien und zog mich mit. Ihre langen, blonden, welligen Haare hatten auch etwas abbekommen und mussten klargespült werden. Das übernahm ich. Ich shampoonierte sie unter der laufenden Brause und drückte mich von hinten fest an sie. Dabei bekam ich natürlich einen Ständer.

Lynn merkte das sofort, sie drehte sich zu mir um und kniete sich auf den Boden. Dann gab es einen Blowjob der Extraklasse. Unter den Wasserfällen der Hochleistungsdusche lutschte sie meinen Penis heiß und heißer. Ich fühlte mich wie Gott in Frankreich. Mit der rechten Hand kraulte sie dazu sanft meine Eier, die linke Hand unterstützte zart wichsend ihre Mundarbeit.

Immer mehr Druck gab sie an meinen Penis, bis dieser anfing zu zucken und den leckeren Saft aussprühte. Lynn entschied sich diesmal für Schlucken und saugte mich leer bis zum letzten Tropfen. Ich konnte mich dabei kaum noch auf den Beinen halten, so heftig war der Orgasmus, so stark zitterte mein Körper. 10 Minuten später küsste ich Lynn zum Abschied Lebewohl und versprach ihr, bald mal wieder vorbeizukommen.

Nancy, die Dumme

Hübsch, aber dumm. So konnte man Nancy am besten beschreiben. Nancy war im Gastronomieservice tätig, der unsere Firma mit Junk Food zupumpte. In unserer Kantine sah ich sie hin und wieder, wie sie frische Altware anlieferte und dann wieder verschwand. Hektisch war sie immer und flott auf den Beinen.

Eines Tages stolperte sie in der Kantine auf mich zu und ließ eine Kiste Cola-Flaschen fallen. Danach fiel sie. Ich half ihr hoch und schaute sie an. „Aua!", stöhnte sie und zeigte mir ihre roten Ellenbogen und wunden Knie. „Das hat wehgetan", meinte ich verständnisvoll und befahl einer anwesenden Putze, das heruntergefallene Chaos zu beseitigen.

„Komm mit, ich helfe Dir", versprach ich und führte sie in mein Büro. „Was war los?", wollte ich den genauen Tathergang wissen. „Ich bin weggerutscht und dann hat es mich böse hingeschmissen", jammerte sie. Böse waren auch ihre Wunden, die bluteten. Ich desinfizierte ihren Unglückskörper und verarztete sie nach bestem Wissen. „Soll ich Dich in das Krankenhaus fahren?" „Nein, es geht schon wieder", antwortete sie. „Danke, dass Sie sich so um mich kümmern." „Ist doch nichts", lächelte ich und schickte sie auf ihren Weg.

Am nächsten Tag sahen wir uns wieder. Nancy lächelte mich an und kam auf mich zugestapft. „Na, alles gut bei Dir?", startete ich die Konversation. „Ja, geht schon, es tut noch weh, aber ich kann arbeiten." Ich drückte ihr eine dunkle Cola in die Hand, die sie gierig ausschlürfte. Dabei musterte ich sie: 1,60 m groß, knapp 50 kg, gefärbte, rote, lange Haare, Nasenring, schöne Titten. Musterung bestanden.

Sie strahlte mich an. „Und wer sind Sie?" „Der Boss", protzte ich. „Dann gebe ich Ihnen einen guten Tipp: Essen Sie nichts von uns. Das ist der letzte Dreck." Eine ehrliche, wenn auch dumme Haut, sich sein Geschäft derartig zu vermasseln, dachte ich, aber ich bedankte mich artig für den Ratschlag und schlug vor, dafür etwas Anständiges essen zu gehen. „Ich lade Dich ein, was sagst Du dazu?" „Aber nur mexikanisch, ich mag alles andere nicht."

Na gut, komisch, aber die mexikanische Küche ist bekanntlich ja nicht die Schlechteste. „Jetzt gleich?" „Nee, jetzt geht nicht, muss arbeiten. Geht erst heute Abend." Ich überlegte kurz. „Ja, lässt sich einrichten." Ich verlangte nach ihrer Handynummer, doch die wusste sie nicht. Na gut, dann gebe ich ihr halt meine.

Ich kannte einen guten Mexikaner ums Eck, dort verabredeten wir uns für 18 Uhr. Als sie kam, kam auch ich fast, so geil sah sie aus: In Minirock und engem, busenfreundlichem T-Shirt watschelte sie sexy auf mich zu. „Hallo, darf ich mich setzen?" „Natürlich", signalisierte ich ihr meine Bereitschaft auf mehr. Schnell duzte sich mich auch und wir tauschten erste Informationen aus. Ich erfuhr, dass sie 18 Jahre alt war und seit ihrem Hauptschulabschluss im Catering arbeitete.

Ich erzählte ihr von meiner verantwortungsvollen Position im TV-Business und sie staunte. „Voll cool, was ihr da so beim Fernsehen macht. Am besten gefällt mir der ganze Radio-Teil." „Aber Schätzchen, Radio ist doch etwas völlig anderes", erklärte ich. „Die machen Radio, wir machen Fernsehen." „Ach so", kapierte sie und tatschte ins nächste Fettnäpfchen: „Macht Dir das Spaß, Fernseher zu bauen?"

Ich schluckte. So viel Dummheit war doch nicht normal. „Mäuschen, wir bauen keine Fernseher, wir machen Fernsehen. Sendungen, Shows, Interviews, Nachrichten, wir produzieren das, was Du siehst." „Aha", staunte sie. Wenn sie vom Tuten und Blasen genauso wenig Ahnung hatte wie vom Leben, na dann gute Nacht, dann gehe ich gleich wieder.

Leider ging die Unterhaltung so weiter. Nancy präsentierte sich als dumme Schlampe. Sie schien hinterm Mond zu leben, hatte keine Ahnung von Politik, Wirtschaft, Benehmen oder Manieren. Ihre Cola trank sie aus der Flasche. Das Glas daneben muss sie wohl übersehen haben. Sie rauchte, obwohl dies ein Nichtraucher-Lokal war. Als der Wirt sie dezent darauf hinwies, drückte sie die Zigarette in der Serviette aus und warf den Penisersatz einfach zu Boden. Das Essen aß sie mit Löffel und Fingern, ich schämte mich sehr.

Irgendwann fanden wir ein Thema, von dem sie mehr Ahnung hatte: Sex. „Ich weiß nicht, wie viele Typen ich schon im Bett hatte, bei 50 habe ich aufgehört zu zählen."

Ist ein echtes Wunder, dass die überhaupt so weit zählen kann, dachte ich. Dann der Hammer: „Dich würde ich auch nehmen." „So? Würdest Du?" „Ja, Du bist ein geiler Kerl", grinste sie und griff mir im Restaurant vor allen Anwesenden an den Schwanz. Zum Glück hatte es niemand gesehen.

„Doch nicht hier! Bist Du wahnsinnig?", zürnte ich sie an. „Wo denn?" „Na, zum Beispiel bei Dir zu Hause, im Wald, auf einer Toilette, von mir aus auch in meinem Büro, aber doch nicht hier im Restaurant vor allen Leuten!" „Komm mit!", zog sie mich hoch und riss mich mit. Was hatte sie vor? Wollte sie abhauen, ohne zu zahlen?

Nein, ihr Weg führte uns straight in die Damen-Toilette. „Das kann jetzt nicht Dein Ernst sein", meinte ich kopfschüttelnd. „Doch, Du sagtest Toilette." Gut, es hatte keinen Sinn zu widersprechen. Wir verkrochen uns in der einzigen Damen-Toilette des Hauses und schlossen ab.

Nancy ging ran wie eine halbverhungerte, wilde Katze. Schnell war meine Hose unten und sie blies mir einen. Ich saß auf der Kloschüssel und schaute zu. Sie hockte vor mir und arbeitete gut-geil. Ihre langen, roten Haare hingen in ihrem Gesicht und bedeckten meinen Bauch. Plötzlich klopfte es an der Tür, da musste wohl jemand dringend sein Geschäft erledigen, doch das interessierte uns wenig, schließlich war unser Geschäft wichtiger. Die Dame haute wieder ab. Gut so.

Nancy beschleunigte ihr Tempo und ich spürte meinen Orgasmus brodeln. „Ah!", stöhnte ich leise und schoss meine Ladungen in ihr dummes, aber fleißiges Mündchen. Als ich fertig war, schmiss sie ihre Haare nach hinten und ich sah ihr Gesicht: Sperma klebte an ihren Lippen und an ihrer Wange. Wie geil das aussah! „Das hast Du gut gemacht", flüsterte ich ihr zu.

„Danke, danke", entgegnete sie. Vorsichtig öffneten wir die Tür und checkten die Lage. Keine Gefahr. Ich stürmte aus der Damen-Toilette heraus und begab mich wieder an unseren Tisch. Die komischen Blicke des Wirtes ignorierte ich. 2 Minuten später kam Nancy, sie hatte sich noch frisch gemacht, die Lippen nachgezogen und das Parfüm erneuert. Auch sie musste sich den wirren Blicken des Wirtes und einigen Gästen stellen, doch das interessierte sie herzlich wenig.

12

Wir zahlten und gingen. 2 Tage später trafen wir uns in der Firma wieder in der Kantine. Nancy kam unverblümt zu mir rüber und setzte sich zu mir auf die Bank. „Hast Du gerade 10 Minuten Zeit?" „Ja, warum?", fragte ich sie. „Komm mit!"

Sie lief vor und ich hinterher. Ziel waren die Toiletten. „Hier in der Firma ni…", wollte ich sagen, doch schon war es zu spät und ich befand mich in einer unserer Damen-Toiletten. Schwupps, war meine Hose unten und mein Schwanz in ihrem Mund. Same procedure as last time.

Nancy saugte gekonnt an meinem Schwanz entlang und blies ihn echt gut. Doch wir bekamen wieder Besuch. Ich hörte 2 Frauenstimmen, die eintraten und die beiden Toiletten neben uns besetzten. Shit, dachte ich, die dürfen unter keinen Umständen etwas bemerken, sind schließlich Kolleginnen.

Ich schob Nancys Kopf nach hinten weg und signalisierte ihr, still zu sein. Sie verstand. Wenigstens dieses eine Mal. Trotzdem konnte sie ihre Hände nicht von meinem Penis lassen und kraulte ihn, bis die beiden unbekannten Damen weg waren. Schnell beendete sie ihren Job und schluckte meinen Samen. Diesmal war es schwieriger, der Toilette zu entkommen, erneut waren unliebsame Gäste eingetreten. Mittagspause halt. Scheiße. 10 Minuten waren wir gefangen, ehe sich eine Möglichkeit zur Flucht bot.

Auf der Firmen-Toilette nicht noch einmal, soviel stand für mich fest. Das nächste Mal nahm ich sie mit in mein Büro und sperrte ab. So, hier waren wir sicher. Und hier hatten wir auch mehr Platz.

Nancy schälte sich geil aus ihrer engen Jeans und zog sich das Shirt mitsamt BH aus. Zum ersten Mal sah ich ihren Körper: Er war knackig und geil, jung und schön. Nancy hatte nur noch einen weißen String-Tanga an, der kurz darauf zu Boden fiel. Zarte, rötliche Schamhaare bedeckten den unteren Teil ihres Venushügels. Göttlich!

Sofort startete sie mit der Arbeit und blies mich in meinem Chefsessel glücklich. Sie kniete vor mir und lutschte an meiner Salami, bis diese explodierte. 9 oder 10 Ladungen waren es, die ich ihr schenkte. „So, jetzt tauschen wir", sagte ich und bot ihr meinen Platz an.

13

Genüsslich nahm sie auf meinem Bonzen-Thron Platz. In Sakko und mit offener Hose begann ich, ihre saftige Muschi zu lecken. Als sie immer lauter stöhnte, ermahnte ich sie, still zu sein und leise zu genießen, was ihr sehr schwer fiel. Ich drückte ihr ihre Jeans ins Gesicht, sie biss zu und konnte so weitere in dieser Situation heiklen Töne unterdrücken.

Meine Zirkulationen wurden immer wilder, dann stieß ich meine Zunge tief in ihre Höhle und führte meine legendäre Leck-Technik durch, bis sie kam. Nancy kam so heftig, dass sie fast mit dem Stuhl umflog. Ich musste sie festhalten und zu mir zurückziehen. Ihre Zuckungen waren intensiv, ihr Gesicht wirkte so süß dabei. „Schnell noch eine Runde poppen?", fragte sie mich kess. „Sorry, aber ich habe gleich einen Termin, ich muss weg."

„Wieso?", fragte Nancy dumm. „Weil ich einfach weg muss, verstehst Du, deshalb." Sie verstand es und ging. Ich ging auch. Weitere Lust auf Nancy hatte ich nicht mehr, sie war mir einfach zu dumm.

Melly, die Affäre

Das neue Jahr startete mit einem Knall. Unser Big Boss war mit einigen Mitarbeiten unzufrieden und kündigte 5. Das war heftig. Dafür sollten Praktikantinnen eingesetzt werden. Ein paar Tage später, ich war gerade auf dem Weg in mein Büro, kam eine hübsche Blondine zu mir in den Fahrstuhl. Ich musterte sie. Sie war sehr jung, nervös, etwas zittrig, schaute in den Spiegel und richtete ihr Haar.

„Keine Sorge, alles sitzt prima", eröffnete ich die Konversation. „Wie bitte?", schreckte sie auf. „Ihre Haare, alles in bester Ordnung", beruhigte ich sie. „Ah, danke", stammelte sie. „Kann ich helfen?" „Ich habe einen Termin mit Herrn Leopold Müller, ein Bewerbungsgespräch." „Na, dann kommen Sie mit, ich bringe Sie hin", bot ich ihr an und führte sie in das Personal-Büro.

Sie wurde eingestellt, und wenige Tage später startete sie als Praktikantin bei uns. Als ich sie wiedersah, war sie überglücklich: „Ich habe es geschafft! Sie arbeiten auch hier, oder?" „Ja, schon seit vielen Jahren. Ich bin für die Produktion der TV-Shows zuständig." „Na, dann werden wir wohl öfter zusammenarbeiten", meinte sie grinsend. „Ich bin Melina, genannt Melly." Ich freute mich.

Melina war knapp 1,70 m groß und äußerst schlank. Sie hatte mittellange, blonde Haare und ein sehr hübsches Gesicht. In der Mittagspause erzählte sie mir einiges über sich: „Ich bin 18 und möchte eine Ausbildung zur Kamerafrau machen. Will Regisseurin werden und Filme produzieren." Ich informierte sie über meinen beruflichen Werdegang und meine Aufgaben in der Firma. „Da kann ich sicher voll viel von Dir lernen", strahlte sie mich an. Ich strahlte mit.

Die nächsten Tage lernte ich Melina immer besser kennen. Wir verbrachten nicht nur die Großteile unserer Arbeitszeit zusammen, auch die Pausen. Wir verstanden uns gut und hatten einen identischen Humor. Sie wurde zu meiner offiziellen Assistentin. Zusammen flogen wir nach Hamburg, um eine Produktion zu unterstützen.

15

Wir wohnten Hoteltür an Hoteltür, doch viel Zeit blieb uns erst einmal nicht. Das Studio war 10 Minuten entfernt, die Kollegen erwarteten uns schon händeringend. Es war 21 Uhr, als wir uns auf den Weg zurück ins Hotel machten. „Puh, war das ein anstrengender Tag", jammerte Melly, „ich habe so Riesenhunger." „Ich auch. Komm, wir gehen essen."

Das Hotelrestaurant war genau richtig. In einem netten, gemütlichen Ambiente ließen wir es uns schmecken. Wir quatschten noch 1 Stunde, bevor wir uns verabschiedeten und auf unsere Zimmer gingen. Ich rief Andrea an, wir telefonierten 20 Minuten. Dann legte ich mich aufs Bett und begann zu lesen, als es plötzlich an meiner Tür klopfte.

„Wer ist da?" „Ich, Melly." Ich öffnete. „Darf ich reinkommen?" „Klar", antwortete ich. Sie hatte ihren Laptop unter dem Arm und setzte sich auf mein Bett. „Hast Du Lust, noch einen Film zu schauen? Ich habe einige gute auf dem Rechner." „Ja, gern, was hast Du denn da?" „Die Batman Filme, die Scary Movie Reihe, James Bond ..." Weiter ließ ich sie erst gar nicht reden. „Scary Movie ist cool!" „Lass uns den zweiten Teil anschauen, den finde ich am geilsten", bereitete sie das Spektakel vor. Wir holten uns Cola aus der Minibar und lümmelten uns aufs Bett.

Wir lagen nebeneinander und lachten ab. Dieser Film ist echt hammerlustig! Dann kam die Szene, als der Typ und das Mädchen in der Eiskammer gefangen waren und er sie dazu brachte, ihm einen runterzuholen. Sie wichste ihm die Nudel, bis er eine unrealistische Wahnsinnsladung abspritzte.

Melina schaute mich während dieser Sequenz immer wieder an. Sie rückte auch immer näher an mich heran, wir hatten nun schon Körperkontakt. Als der Film zu Ende war, ließen wir die lustigsten Momente Revue passieren.

„Als die Tussi dem Typen einen runterholte, bin ich geil geworden", lachte Melly. „Ja, das war krass, das muss man sich mal vorstellen. Der Kerl spritzt sie voll weg." „Weißt Du, auf was ich Lust habe?", fragte sie mich mit einem verführerischen Blick. „Auf was?", fragte ich zurück. „Auf eine schöne Massage. Ich bin fertig, das war ein anstrengender Tag. Jetzt ein bisschen Entspannung und Zärtlichkeit, das wäre toll."

Ich überlegte kurz. Melly war eine tolle Frau, sie gefiel mir, Sex mit ihr konnte ich mir gut vorstellen. Das einzige Problem sah ich darin, dass wir Kollegen waren und ich sie nicht schnell loswerden konnte. Noch bevor ich ihr eine Antwort gab, zog sich Melly ihr T-Shirt und ihre Jeans aus und schmiss sich aufs Bett. Da lag sie, halbnackt, nur mit einem String-Tanga bekleidet.

Sie hatte einen wunderschönen Rücken, einen süßen Po und Beine wie eine Prinzessin. Ihr Kopf lag seitlich, ihre Augen waren geschlossen, sie atmete ruhig und entspannt. Ich konnte nicht widerstehen, holte Bodylotion aus dem Badezimmer und zog meine Jeans aus. In Shirt und Unterhose begann ich, sanft ihren Körper zu massieren und zu kneten. „Oh, ist das schön", hauchte sie mit zarter Stimme, „Du kannst das voll gut."

Ihr Rücken fühlte sich toll an, weich, warm und gesund. Je tiefer meine Hände arbeiteten, desto aufgeregter wurde ich. Wie gerne hätte ich ihren Po berührt, doch ich traute mich nicht. Sie wusste, dass ich in festen Händen war, das blockierte mich. Nach 30 Minuten setzte sie sich auf, drehte sich oben ohne zu mir und sagte: „Das war eine wunderschöne Massage. Danke. Jetzt bist Du dran, verwöhnt zu werden." Sie zog mir mein Shirt aus, ich legte mich hin und entspannte mich. Melly knetete und streichelte meinen Rücken und meine Beine.

„Und, gefällt Dir das?", fragte sie mich. „Ja, sehr", erwiderte ich. Dann kam es: „Du hast einen voll knackigen Po, darf ich den auch massieren?" „Klar", antwortete ich. Schwupps, zog sie mir die Unterhose aus und betastete meinen Po. „Der fühlt sich voll geil an", lobte sie. „So einen knackigen Arsch habe ich noch nie gesehen. Nicht mal mein Freund hat so einen."

Ich schluckte. „Du hast einen Freund?" „Ja, schon seit 3 Jahren. Wir sehen uns nur selten, da er bei der Bundeswehr ist und viel unterwegs. So habe ich meine Freiheiten. Nun ja, ich weiß, dass er mir nicht ganz treu ist, aber wer ist das schon?" Recht hat sie.

Langsam wurde ich nervös, und zwar sexuell. Mir war klar, dass Melly mehr wollte. „Kannst Du Dich erinnern, was das Mädel mit dem Kerl im Film machte?", fragte sie mich. Ich wusste genau, was sie meinte, ihre rhetorische Frage war klar zu durchschauen, aber ich stellte mich blöd. „Was meinst Du?"

„Wie sie ihm einen runterholte." „Ja", erinnerte ich. „Wenn Du willst, mache ich das bei Dir." Pause. Ich blickte über meine Schulter nach hinten und sah ihr süßes Gesicht, ihre Brüste und ihren wunderschönen Körper. Sie lächelte mich an. Ich drehte mich um, schloss meine Augen und ließ sie machen.

Sie streichelte meinen Oberkörper, dann wanderten ihre Hände tiefer, bis sie an meinem mittlerweile vollsteifen Penis ankamen. Mit ihren cremigen Fingern umkreiste sie ihn und spielte mit meinen Hoden, bis sie ihn endlich in die Hand nahm und mit ihrer linken Faust umfasste.

Ich stöhnte auf, es fühlte sich umwerfend an. Sie grinste die ganze Zeit, es schien ihr wahnsinnig zu gefallen. Während sie mit der rechten Hand meinen Körper liebkoste, machte die linke Hand ernst und wichste meinen Schwanz auf und ab – mal schnell, mal langsam. Nach 4 Minuten spürte ich meinen Orgasmus kommen. Ich hatte keine Chance, ihn weiter hinauszuzögern, dazu war alles zu geil. Hoch spritzte ich, sehr hoch.

Die erste Ladung ging in ihr Gesicht, aber das störte sie nicht. Sie wichste bis zum Ende und presste die letzten Samentropfen aus mir heraus. Mir drehte sich alles. Was für ein Handjob. Es war mega! Genüsslich leckte sie das Sperma von meinem Bauch und kuschelte sich an mich. Ich genoss ihre Wärme und ihre Umarmung.

„Du bist echt heftig gekommen, Du hast genauso wild gespritzt wie der Kerl im Film", prustete sie los. Ich lachte mit. „Du hast es auch verdammt gut gemacht." Wir schauten uns in die Augen und küssten uns. Sehr zärtlich, romantisch. So küsste ich eigentlich nur Andrea. Mir war klar, dass Melina etwas Besonderes war.

Den nächsten Tag konnten wir kein Auge voneinander lassen. Als wir mit der Arbeit fertig waren, stürmten wir ins Hotel und hatten zum ersten Mal richtigen Sex miteinander. Melinas Muschi war unglaublich schön. Ein kleiner Schamhaarstrich führte vom Venushügel zu ihrer Klitoris. Wir streichelten uns ewig, bis ich in sie eindrang. Wir hatten sehr zärtlichen, gefühlsintensiven Sex, zuerst Missionarsstellung, dann Doggy, final in der Reiterstellung. Melly erreichte ihren Höhepunkt mit lautem Stöhnen, ich folgte kurz darauf.

Mein Handy klingelte: Es war Andrea. „Schatz, wie geht´s?“, begrüßte sie mich voller Freude. „Gut, und Dir?“, antwortete ich. Melly saß neben mir auf dem Bett, nackt, und hörte zu.

Andrea erzählte mir vom Tag und wollte wissen, wie es bei mir war. „Viel Arbeit, aber alles geschafft. Das sind Pfeifen hier, die haben von Tuten und Blasen keine Ahnung“, meckerte ich. „Gleich gehe ich etwas essen und mache mir dann einen ruhigen Abend. Ich lese das Buch, das Du mir geschenkt hast. Sehr spannend.“ Ich wünschte ihr eine gute Nacht und schickte ihr viele Küsse durchs Telefon.

„Das war Deine Freundin?“, fragte Melina. „Ja“, bestätigte ich. „Du liebst sie sehr, oder?“ „Ja.“ „Du möchtest mit ihr alt werden?“ „Ja.“ „Sie muss eine glückliche Frau sein, Dich als Freund zu haben. Mein Freund ist auch ganz nett, aber wenn ich die Wahl hätte zwischen Dir und ihm, ich würde mich sofort für Dich entscheiden.“ Sie küsste mich.

„Danke, dass Du leise warst und mich nicht verraten hast“, sagte ich. „Ist doch selbstverständlich, dass ich Dir da nichts kaputt mache, wir können ja auch so unseren Spaß haben, oder?“, fragte sie mich mit einem verführerischen Blick. „Klar“, antwortete ich. „Davon darf Andrea nichts wissen, und sie darf es auch niemals erfahren, verstanden?“ „Logisch, das bleibt unser Geheimnis.“

Nach dem Essen war erneut Sex angesagt. Melina zog mich aus und küsste meinen Oberkörper. Sie saugte an meinen Brustwarzen, bis diese hart waren. Dann glitten ihre Hände und Lippen tiefer, während ich immer geiler wurde. Schließlich war sie da, wo sie sein sollte: An meinem Schwanz. Sie nahm ihn in den Mund und verschluckte ihn voll. Mein Penis ist nicht der Längste, im erigierten Zustand etwa 15 cm lang, Durchschnitt also, aber diese 15 Einheiten verschwanden komplett in ihrem gierigen Mund.

Mit ihren Lippen übte sie einen ordentlichen Druck auf meine Vorhaut aus, was mich sehr erregte. Lange, tiefe Züge, dann kurze, schnelle. Melina machte mich wahnsinnig. Dreimal stoppte ich sie, sonst wäre ich viel zu früh gekommen, dann ließ ich mich gehen. „Jetzt gleich!“, stöhnte ich laut, was für sie das Zeichen war, den Job mit der Hand zu beenden.

Während ich abspritzte, leckte sie meine Eier und bekam einiges von meinem Samen ab, der in ihrem Haar, auf ihrer Stirn und ihrer rechten Wange landete. Es war ein Hammerorgasmus! Zur Belohnung leckte ich ihre saftige Pussy, bis sie bebend zu ihrem Höhepunkt kam.

Am nächsten Tag sah ich Andrea wieder. Alles war wie immer, doch tief in meinem Herzen spürte ich etwas für Melly, Gefühle, die da eigentlich nicht sein durften. Hatte ich mich in die Praktikantin verliebt? Nein, sicherlich nicht. Oder vielleicht doch? Ich war durcheinander. Die 3 Tage mit Melly waren super gewesen. Ich freute mich schon auf Montag und darauf, sie wiederzusehen.

Das Wochenende mit Andrea war leider etwas anstrengend. Sie wollte einen Ausflug an den Chiemsee unternehmen. Ich wollte lieber zu Hause bleiben und Musik machen. Ich spiele Klavier, E-Gitarre, Bass und Schlagzeug. Ab und zu möchte ich abschalten, an nichts denken und frei sein. Das geht mit Musik am besten. Andrea ließ nicht locker und überredete mich schließlich zum Trip. Ich war genervt und fügte mich meinem Schicksal. Viel lieber wäre ich jetzt bei Melina, dachte ich mir während der Fahrt.

Dieser Wunsch wurde am Montag wahr, als ich die Süße wiedersah. Wir arbeiteten täglich zusammen, ich organisierte meine Projekte so, dass sie immer bei mir war. Ich liebte Andrea sehr, doch mir war klar, dass Melly mir auch sehr viel bedeutete. Ich wollte unbeschwert Zeit mit ihr verbringen, tollen Sex mit ihr haben und sie besser kennenlernen.

Doch wie sollte das funktionieren? Ich war in einer festen Beziehung, die ich nicht beenden wollte. Die nächsten Wochen war ich hin und her gerissen. Klar hatte Andrea Priorität, aber ich nutzte jede Chance, um Zeit mit Melly zu verbringen, auch Freizeit.

Andrea erzählte ich von Geschäftsessen oder Meetings und war dann 2 Stunden bei Melly. Andrea schöpfte nie Verdacht. Es pendelte sich ein, dass ich fast täglich kurz bei Melina war und wir Sex zusammen hatten, bevor ich zu Andrea fuhr. Mit Andrea aß ich zu Abend, wir kuschelten und hatten Sex, bevor wir Seite an Seite einschliefen. Oft redeten wir auch nur.

Ich merkte, dass sich die Beziehung mit Andrea verändert hatte. Es war nun deutlich mehr Stress in unserem Alltag und Umgang miteinander, wir waren gereizter und blökten uns sogar an. Das durfte nicht sein. Was war los? War Melina daran schuld? Oder ich? Ich wusste es nicht, doch ich war auch nicht gewillt, mir darüber Gedanken zu machen. Arbeit, Melly, Andrea, das war der Ablauf, an den ich mich gewohnt hatte. Andrea durfte nichts von Melly erfahren, und Mellys Freund nichts von mir.

Ich lebte zweispurig, entfernte mich weiter von Andrea und genoss die Romanze mit Melly. Ich organisierte sogar einen 4-tägigen Kurzurlaub mit Melly in Paris, den ich Andrea als Arbeitstrip verkaufte. Melinas Freund machte auch keine Probleme, da sie ihm dieselbe Story erzählte.

Dann kam der Tag, der mir die Augen öffnete: Rainer, mein bester Freund, stand heulend bei mir im Büro und erzählte mir, dass seine Susi sich von ihm getrennt hat, und das nach 5 Jahren Beziehung. Die beiden wollten heiraten und eine Familie gründen. Rainer war Playboy wie ich und hatte auch mal hier und da etwas neben seiner Beziehung am Laufen, aber dass er eine Affäre über 6 Monate hatte, wusste ich nicht. Als er immer weniger Zeit für Susi hatte und kaum noch zu Hause war, wurde sie misstrauisch und spionierte ihm nach. Sie erfuhr von seinem Zweitleben, zog sofort aus der gemeinsamen Wohnung aus und verließ Rainer auf nimmer Wiedersehen.

Der Rainer war fertig, am Boden zerstört. Ich kümmerte mich um ihn und beruhigte ihn, so gut ich konnte. Als er weg war, wurde ich nachdenklich. Was wäre, wenn mir dasselbe passiert?

Ich öffnete die oberste Schublade meines Schreibtisches und holte ein Fotoalbum von Andrea und mir heraus. Ich schaute die Fotos an und begann zu weinen. Vor Rührung, vor Freude, so eine tolle Frau an meiner Seite zu haben. So oft war ich ihr fremdgegangen, nie hatte sie etwas gemerkt. Nun die Sache mit Melly, die aus dem Ruder gelaufen war. Ich musste eine Entscheidung treffen: Melly oder Andrea.

Ich ging in mich: Auf der einen Seite stand meine Andrea, die ich von ganzem Herzen liebte. Unsere Beziehung war etwas schwieriger geworden, doch sie hielt der Belastung stand.

Ich freute mich immer, sie zu sehen und bei ihr zu sein. Der Sex mit Andrea war nach wie vor toll. Sie war die Frau, mit der ich alt werden wollte. Auf der anderen Seite stand meine Geliebte Melly, die für mich mehr war als irgendein Fick. Wir hatten nun schon knapp 6 Monate etwas, eigentlich ein Wunder, dass wir das so lange vor unseren Partnern verheimlichen konnten.

Melly brachte mich zum Lachen, ich fühlte mich wohl bei ihr, der Sex war super, wir hatten Spaß zusammen. Aber mehr als eine Affäre würde sie wohl nie werden. Sie heiraten? Nein. Eine Familie mit ihr gründen? Nein. Sie war für den Moment, für eine Phase meines Lebens. Ich hatte mich in sie verknallt und den Übermann gespielt, den Boden unter den Füßen verloren und gedacht, das könne schön so weitergehen, das Lotterleben.

Mir war klar, dass ich mit diesem Doppelleben beenden musste. Mir war auch klar, dass ich eine der beiden Frauen verlieren würde. Andrea wollte ich unter keinen Umständen verlieren, also stand fest: Ich musste das mit Melly stoppen.

Am nächsten Tag nahm ich mit Melly die Henkersmahlzeit ein. Ich druckste herum: „Du, ich muss Dir etwas sagen." „Ich Dir auch", schoss es aus ihr heraus. Was dann kam, haute mich um. Sie lächelte mich an: „Ich habe mich in Dich verliebt und möchte fest mit Dir zusammen sein." Oh nein! Schlimmer kann es nicht kommen, dachte ich.

„Das geht nicht, ich habe eine Freundin, und Du hast einen Freund", versuchte ich ihr, diesen Gedanken auszutreiben. „Dann verlassen wir sie", konterte sie. „Du liebst Andrea doch kaum noch, Du verbringst mehr Zeit mit mir als mir ihr. Und mein Freund ist auch nicht der, den ich will. Ich hätte viel lieber Dich." „Aber das geht nicht." „Warum nicht? Mach Schluss mit Andrea und lass uns zusammen glücklich sein."

„Ich kann einfach nicht", meinte ich. „Ich will Andrea nicht verlieren, und so weitermachen kann ich auch nicht." Melly schaute mich ernst an. „Soll das etwa heißen, dass Du mir den Laufpass gibst? Dass es aus ist?" Ich nickte. Ich versuchte ihr, meinen Standpunkt und meine Situation zu erklären, doch das interessierte sie wenig. Sie stand auf und verließ wütend und mit Tränen im Gesicht das Restaurant.

Ich fühlte mich schuldig und zitterte am ganzen Leib. Das Essen ließ ich stehen, der Appetit war mir vergangen. Die nächsten Tage sprach Melly kein Wort mit mir. All meine Versuche, ein vernünftiges Gespräch mit ihr zu führen, blockte sie eiskalt ab. Dann erfuhr ich, dass sie zum Monatsende gekündigt hatte. Ich war schockiert.

„Warum?", fragte ich sie. „Warum gehst Du?" „Wegen Dir", war ihre Antwort. „Was ist denn so schwer daran, vernünftig und in Ruhe über alles zu sprechen?", wollte ich wissen. „Es hätte so schön mit uns werden können, aber Du hast alles versaut", schoss sie zurück und ging. Gut, vielleicht ist es besser so, dachte ich. Ein paar Tage später mussten wir nach Zürich – es sollte unser letzter gemeinsamer Trip werden, und ein versöhnlicher Abschied. Ein 3-tägiges Projekt erwartete uns. Während der Fahrt schwiegen wir uns an. Ich hatte nicht den Mut, über uns zu sprechen, und Melly tat so, als würde sie schlafen.

Am Abend, nach erledigter Arbeit, klopfte es an meine Zimmertür. Ich öffnete, es war Melly. „Darf ich reinkommen?", fragte sie mit gesenktem Haupt. „Äh, klar", antwortete ich überrascht. Noch bevor ich die Tür schließen konnte, umarmte sie mich und drückte mich fest an sich. Sie weinte. Ich tröstete sie und streichelte ihr über den Kopf.

„Das ist furchtbar", begann sie, „ich wollte auch nicht, dass es so kommt, aber es ist halt passiert." „Was meinst Du?", fragte ich mit sanfter Stimme. „Dass ich mich in Dich verliebe", schluchzte sie.

Als sie sich beruhigt hatte, setzten wir uns aufs Bett und besprachen die Lage. Melina entschuldigte sich für ihr ablehnendes Verhalten mir gegenüber, ich entschuldigte mich für das Zerstören ihrer Hoffnungen. „Wir beide haben Fehler gemacht und viel riskiert", sagte ich, „fast zu viel. Wenn wir jetzt aufhören, können wir das retten, was uns wichtig ist."

„Bin ich Dir denn überhaupt nicht wichtig?", wollte sie wissen. „Doch, Du bist mir sehr wichtig, das weißt Du", beruhigte ich sie. „Ich würde mich verdammt gerne weiter mit Dir treffen und Sex mit Dir haben, aber das geht nicht." Ich erzählte ihr die Geschichte von Rainer, und sie begann mich zu verstehen.

„Manchmal gibt es Entscheidungen, die getroffen werden müssen, auch wenn sie wahnsinnig schwer fallen. Und das ist so eine. Ich liebe Andrea wirklich. Wenn ich sie verliere, weiß ich nicht, was mit mir passieren würde. Verstehst Du?"

Melly nickte. „Bei mir ist auch alles durcheinander. Mit Patrick läuft es nicht optimal. Das mit Dir war so wunderschön, das wollte ich einfach haben. Du bist ein toller Mann, ich würde alles für Dich tun, sogar Patrick verlassen. Aber wenn Du keine Beziehung mit mir willst, dann muss ich das akzeptieren."

Ich fragte sie, ob ihre Kündigung endgültig sei, was sie bestätigte. Sie hatte sogar schon ein paar Vorstellungsgespräche organisiert. Sorgen um ihre Zukunft musste sie sich nicht machen. Sie war zuverlässig, kompetent, intelligent. „Dann werden wir uns ab nächster Woche nicht mehr sehen", meinte sie mit leiser Stimme. „Ja, sieht so aus", bestätigte ich.

„Und zum Abschied, wollen wir uns da nicht doch noch lieb haben, was meinst Du?" Ich schaute sie fragend an. „Ich möchte Dir zum Abschied noch einmal ganz nahe und glücklich mit Dir sein." „Gerne", sagte ich, „aber Du weißt, dass danach alles vorbei ist." „Ja."

Ich nahm Melly in den Arm, wischte ihr die Tränen aus dem Gesicht und küsste sie zärtlich auf den Mund. Sie erwiderte den Kuss und legte meine Hand in ihren Schoß. Die Zärtlichkeiten gingen in ein Liebesspiel über, das mit geilem Sex und krönenden Höhepunkten endete. Es war so schön, so vertraut. Melly war glücklich, sie lächelte mich an und drückte mich fest an sich. „Ich werde Dich vermissen", flüsterte sie mir ins Ohr. „Ich Dich auch", gestand ich ihr. Wir küssten uns und schliefen Arm in Arm ein.

Die nächsten 2 Tage vergingen wie im Flug. Wir arbeiteten, hatten tollen Sex und genossen die finalen Zärtlichkeiten, die wir uns geben durften. Die letzte Nacht mit Melly war wunderschön. Wir kuschelten ganz eng, viele Tränen flossen. Auch für mich war es schwer, Abschied zu nehmen, ich hatte mich an sie gewöhnt und fühlte mich sehr wohl mit ihr. „Süße, ich wünsche Dir alles Gute. Es war toll mit Dir, danke für alles." Wir küssten uns ein letztes Mal. Melina arbeitete noch 3 Tage bei uns, dann war sie weg.

Grit & Hanna, die Animateurinnen

Familienzeit. Urlaubszeit. Die Zugfahrt war lange und anstrengend. Als wir (Ich, meine Frau Andrea sowie unsere kleinen Kinder John Paul und Anna Lina) mit unseren Koffern am Starthafen Hamburg eintrudelten, fiel uns die Kinnlade runter: Die AIDA ist ein Monster! So ein großes Schiff hatte ich noch nie gesehen. Kann das überhaupt schwimmen? Tausende Menschen waren nervös aufgeregt und hatten dasselbe Ziel wie wir.

Auf dem Dampfer erwarteten uns ein kulinarisches Verwöhnprogramm, Schönwettergarantie im Beach Club, ein Activity-Deck mit Doppel-Wasserrutsche, eine Saunalandschaft mit Meerblick, über 30 Fitnesskurse, Entertainment der Spitzenklasse, fantastische Kids & Teens Angebote und mehr. Wie eine eigene Stadt muss man sich das vorstellen, wo es alles gibt, was man möchte.

Zur Route: Von Hamburg nach Paris – in die Stadt der Liebe. Spaziergang entlang Champs-Élysées, weiter zum Arc de Triomphe. Dann Brüssel mit Betrachtung des Manneken Pis und des Atomiums. Außerdem London und Rotterdam. Da gibt es viele Sehenswürdigkeiten. Wir freuten uns tierisch auf die Reise, die ich uns redlich verdient hatte.

Unsere Kabine war sehr schön, etwas eng, aber niedlich und kindgerecht eingerichtet. Einen halben Tag brauchten wir, um uns einen Überblick zu verschaffen auf dem Schiff. Das Abendessen war lecker und wir sanken in die Stühle, die erste Erholung setzte ein. Schön! Während die Kinder immer müder wurden, begann eine Band zu spielen. Nette Instrumentalmusik. Soundtracks diverser Filmmusiken waren es, die live zauberhaft vorgetragen wurden.

Mittendrin eine hübsche Geigerin. Sie hatte eine normale Figur, aber ein sehr hübsches Gesicht. Und sie lächelte so süß beim Musizieren. Mit diesen Gedanken im Kopf verließen wir den Saal und torkelten in unser Zimmer, wo wir bald einschliefen. Am nächsten Vormittag machten wir die Wasserlandschaft unsicher. Während John Paul die Rutschen ausprobierte, plantschte die kleine Anna Lina im Minibecken wild umher.

Andrea und ich passten auf sie auf und genossen jede Sekunde unseres Beisammenseins. Paris mussten wir uns unbedingt ansehen und erkunden. Während John Paul fit war, war Anna Lina überraschend lästig und müde. Es machte keinen Sinn, sie auf die Tour mitzunehmen. Im Happy-Kinderclub gaben wir sie ab.

In Empfang nahm sie Grit, eine 18-jährige Brünette aus Schweden. Sie sprach perfekt Deutsch und trug ein hautenges T-Shirt und eine enge Hot Short, die ihre Rundungen sexy präsentierte. Sie war mir sehr sympathisch und wir wünschten ihr viel Spaß bei der persönlichen Betreuung unseres Schatzes.

Paris ist wirklich wunderschön. Andrea und ich schlenderten durch die Straßen und spazierten durch die Stadt. Viele Eindrücke und Fotos später mussten wir wieder zurück an Bord, denn die AIDA wollte weiter. John Paul wollte unbedingt nochmal die Wasserwelt auf den Kopf stellen, also erfüllte ihm Andrea den Wunsch.

„Ich hole derweil die Anna Lina", sagte ich und machte mich auf den Weg. „Ich werde mir ihr noch ein wenig an Deck gehen, damit sie frische Luft tanken kann, wir treffen uns dann in 1 Stunde im Zimmer." „Passt", lächelte meine Frau und bog mit JP um die Ecke. Ich zum Kinderhort und fragte nach Grit und AL.

5 Minuten später stand Grit vor mir und übergab mir meine kleine Lady. „Hier, sie war so lieb und brav", lächelte mich Grit extravertiert an und meinte, sie habe jetzt fertig für heute. „Danke, dass Du Dich so lieb gekümmert hast, darf ich Dir als Dankeschön einen Cocktail spendieren?", lockte ich sie zu einem „Ja". „Wir treffen uns in 5 Minuten an der Lody Bar hier ums Eck", strahlte sie, „bestell mir doch schon mal etwas Leckeres!"

Gesagt, bestellt. Und da kam sie auch schon, in Privatklamotten, erneut in einem sexy engen Top und einer Hot Pants, die Lust auf mehr machte. Wir stießen saftig an und schlürften genüsslich unsere Cocktails.

„Wo ist Deine Frau?", fragte sie mich. „Die ist gerade mit unserem Sohn in der Wasserwelt toben, in 1 Stunde sind wir auf dem Zimmer verabredet." „Und was machst Du so lang?", wollte sie neugierig wissen.

„Keine Ahnung", meinte ich achselzuckend und starrte sie an. „Nun, ich hätte eine Idee", hauchte sie mir zu. „Ach ja, welche denn?" Sie kam mir näher und flüsterte mir etwas ins Ohr. Etwas Verruchtes. Ich traute meinem Hörsinn kaum. Hatte sie das wirklich gesagt? „Nochmal bitte", stammelte ich. Sie grinste frech und wiederholte ihr unmoralisches Angebot. Ein schneller Fick, während sich ihre Kollegin Hanna um Anna Lina kümmert. „Puh", war das einzige, was ich herausbrachte.

„Ich bin verheiratet", das zweite, doch das scherte sie nicht. „Mir ist egal, ob ein Typ verheiratet ist oder nicht, ob er 5 Kinder hat oder keines – für mich zählt einzig der Mann als solcher." Recht hatte sie doch! So handhabe ich es ja auch mit den Frauen, mit denen ich Sex habe. „Mein Angebot steht, Großer: Hast Du Lust?"

Ich nickte und folgte ihr zurück zum Kinderhort, wo sie ihre ebenso hübsche Kollegin Hanna instruierte und ihr Anna Lina sanft in den Arm drückte. An Hannas Blick konnte ich erkennen, dass Grit ihr den wahren Grund für diese Leihmutterschaft erzählt hatte. „Zimmer C 346 ist meines", folge mir unauffällig", befahl sie. Und so kam es, wie es kommen musste:

Ich befand mich allein in einer kleinen Kabine mit einem schönen, durchtriebenen 18-jährigen Teenie. Grit hatte es eilig, schließlich tickte ja meine Uhr runter. Schnell knutschte sie mich und ließ sich von mir auf das enge Bett drücken. Ihre Küsse schmeckten ein wenig nach Mundgeruch, aber da musste ich jetzt durch. Egal. Ihre Brüste waren schön, nein, doch nicht. Ihr Push-up war es, der eine sexy Form vortäuschte. Schlaffe Rohre hingen da herunter. Schade. Und das mit 18.

Ich wanderte tiefer und schob meine Hand in ihr Höschen, was schr feucht war. Moment Mal, irgendwie roch es auf einmal komisch. Ich streifte meine Hand wieder heraus und sie war etwas rot. Blut! Sie hatte ihre Tage. Verdammt! Das mag ich nicht gern. Ficken in Blut ist nicht mein Ding.

„Leck mich mit Deiner Zunge", bat sie mich, doch das wollte ich nicht, so rubbelte ich ihre Klitoris, bis sie einen Orgasmus bekam. „Und jetzt mach es mit der Zunge bitte", stöhnte sie, doch ich wollte erneut nicht. „Was ist denn los?", ächzte sie mich an. „Warum leckst Du mich nicht einfach?"

„Weil Du Deine Periode hast, Deine Tage, Mädchen, deshalb",
gab ich erklärend zurück. „Na und? Du kannst mich trotzdem
lecken!" „Möchte ich aber nicht", gab ich ihr klar zu verstehen.
„Machen andere auch!" „Ich aber nicht", antwortete ich deutlich und wartete auf ihre Reaktion. „Dann fick mich. Hier ist ein
Kondom." Hm, dachte ich, ich will eigentlich nicht, aber ihr zu-
liebe mache ich mal eine Ausnahme. Während sie sich in einem
Ruck ihr rot-getunktes Tampon rauszog, verging mir die Lust.

In eine rot blutende Vagina einzudringen gehört nicht zu
meinen Top-3-Lustanregern. Das spürte auch mein Penis, der zu
erschlaffen drohte. Grit sah das und griff nach ihm. Aha, ihre
Hand fühlte sich mega an! So jung und klein war sie, und doch
so erfahren. Sie umfasste meinen 15 cm langen Dong gut und
gefühlvoll. Und dann wichste sie ein wenig herum, bis er bereit
war. Ich streifte mir das weiße Kondom über und drang als Missionar in sie ein.

Ich konzentrierte mich auf den Fick, und das war gut so.
Grit stöhnte wie eine Schwedin und ihre Schläuche schüttelten
sich kräftig durch. Sie kam zu einem Orgasmus, der wiederrum
meinen Samenerguss beschleunigte. Es war ein mittelmäßiger.
Aber immerhin. Eine 18-Jährige ist schließlich immer etwas
Besonderes.

Als ich meinen Helden herauszog, schoss mir ein wenig
Blut entgegen und ich tat mich schwer damit, das nun rote Kondom anzufassen. Das erledigte sie fachmännisch und bedankte
sich mit einem Lobeskuss auf die Backe. „So, nun ab zu Deiner
Frau, Deine Frist läuft in 10 Minuten ab." Ja, schnell jetzt, ich
musste zurück zu Andrea. Ein letztes Bussi für Grit, dann ab zu
Hanna, um Anna Lina abzuholen.

Hanna grinste mich schief an. „Und, wie war´s?", fragte
sie mich rotzfrech und zwinkerte mir zu. Ich war fassungslos.
„Hör zu, Mädel, halt Dich im Zaum, sonst bekommst Du Ärger
wegen Deiner spitzen Zunge", drohte ich. „Was willst Du denn
von mir?", fragte sie trocken zurück. „Mir drohen? Hey, Du bist
es doch, der seine Frau betrügt. Nun gut, ich habe Dir dabei ge-
holfen, aber ich lasse mich nicht blöd anmachen von Dir." „Ist
schon gut", ruderte ich ein, „es war in Ordnung, mehr nicht.
Verstanden?"

„Jawohl, Sir", kicherte sie und stand stramm für mich. „Meine Lippen bleiben versiegelt. Übrigens: Das, was Grit kann, kann ich auch." Wie bitte? „Wie meinst Du das?", fragte ich unsicher nach. „Na, solltest Du nochmal eine freie Stunde oder so haben, kannst Du die auch mit mir verbringen", lächelte sie.

Seid ihr alle denn Nutten, wollte ich schon fragen, doch ich begriff schnell, dass ich mir damit ins eigene Fleisch schneiden würde. Ich hatte gerade ein neues unverbindliches Sex-Angebot einer anderen hübschen 18-Jährigen erhalten!

Hanna hatte kurze schwarze Haare und einen sehr frechen Mädchenschnitt. „Gut", konzentrierte ich mich, „gib mir Deine Arbeitszeiten, dann schaue ich, ob etwas geht." Die nächsten 2 Tage ging leider nichts, es bot sich keine Minute Auszeit und Freiheit für mich. Und wenn, dann musste Hanna arbeiten. Mist!

Am fünften Tag unserer Reise, Brüssel und London lagen hinter uns, kam meine Chance. Es war ABBA-Abend, und da ich ABBA liebe, schlug ich Andrea vor, uns die musikalische Darbietung anzuhören. Andrea steht aber nicht auf die schwedische ABBA-Pop-Musik, daher lehnte sie ab: „Hör Du Dir das ruhig an, ich bleibe bei John Paul und Anna Lina und wir gehen früh schlafen. Komm einfach nach dem Konzert und genieße die Musik." Was für eine tolle und verständnisvolle Frau ich doch habe!

Ich hätte mir wirklich gerne das Konzert angehört, doch bevorzugte ich natürlich ein Date mit der direkten Hanna. Auf meine WhatsApp kam zurück: „C 355, 20 Uhr, 3x klopfen, ich erwarte Dich!" Nach dem Abendessen brachte ich meine Leute aufs Zimmer und verabschiedete mich zum ABBA-Abend. Genau. Ich klopfte 3x an der Tür C 355 und Hanna öffnete mir. Sie hatte nur noch ihren BH und einen Slip an, schloss hastig hinter mir die Tür und legte sich aufs Bett.

„Worauf wartest Du noch, Tiger?", rief sie mir zu. Das ließ ich mir nicht zweimal sagen. Schnell war ich ausgezogen bis auf meine Unterhose und machte es mir neben ihr auf der Matratze gemütlich. Aus neben ihr wurde auf ihr, dann unter ihr. Diese Hanna war echt durchtrieben. Ihr schöner Körper war hell und straff, ihre Fingernägel waren lang und bunt.

Mit diesen kraulte sie mir in die Hose hinein und meine Eier hart. Nun fielen die Höschen. Zum Vorschein kam ein Hasen-Playboy-Tattoo über ihrer blank rasierten Pussy.

Nach ein wenig Petting spendierte sie mir ein Noppenkondom, das ich überstreifte und ihr mit Inhalt von hinten Doggy Style reinsteckte. Sie hielt mir ihren Po so lasziv und mit starker Rückendehnung entgegen, was von großer Gelenkigkeit zeugte. Meine Stöße waren zuerst langsam, wurden dann härter. Sie mochte es, hart genommen zu werden. Ich rammelte mehr und mehr, bis es ihr zu viel wurde. „Alter, nicht meine Gebärmutter killen", maulte sie und drückte mich weg. Nun war sie an der Reihe, Intensität und Tiefe zu bestimmen. Let´s ride!

Sie hockte sich auf mich und begann, vorsichtig auf mir Rodeo zu spielen. Sehr gut fühlte es sich an. Ein Glück, dass sie nicht auch ihre Tage hatte, so wie Grit. Als Hanna kam, wurde es saftig. Sie hatte eine weibliche Ejakulation. Es lief aus ihrer Scheide heraus, sie hatte ihre Augen offen und starrte mich an. Geil!

Die meisten Frauen kommen mit geschlossenen Augen, sie mit offenen. Ja, törnt mich an. Plötzlich überschritt ich den point of no return und kam auch schon. Es war ein guter Orgasmus, doch leider hörte sie zu schnell auf mit dem Reiten. „Weiter, weiter", schnaubte ich, doch sie war schon abgestiegen und kuschelte sich auf meine starke Brust. Ich ergriff selbst meinen Schwanz und drückte mir den Restsamen heraus. Ich hasse es, wenn Frauen ihre Arbeit nicht vollenden!

Das Eintreten des Orgasmus bedeutet nicht, dass schon alles aus ist! Ein Mann will so lange Reizung da unten haben, bis er komplett leer ist und der Penis erschlafft. Keine Sekunde davor darf aufgehört werden!

Ich lag da, etwas unzufrieden, und das merkte die kleine Maus. „War der Fick nicht gut?", fragte sie mich. „Doch, aber das Ende hätte schöner sein können. Warum hast Du nicht weitergemacht? Einfach während des Orgasmus aufzuhören, das ist nicht so toll", belehrte ich sie. „Sorry", meinte sie, „darf ich es gleich nochmal besser machen?" „Klar", freute ich mich und brachte mich mental wieder in Stimmung. „Und Du fick mich bitte nicht so tief, das hat vorhin etwas wehgetan."

„Sorry", meinte ich zurück, „ich passe besser auf." Langsam kamen wir wieder in Stimmung und aus Gefummel wurde mehr. Ein zweites Kondom hing plötzlich vor meiner Nase. Es wollte entpackt und benutzt werden. Ich startete erneut oben, diesmal stieß ich vorsichtiger und kontrollierter zu, nicht mehr so tief, dafür in einem guten Rhythmus.

Hanna stöhnte ordentlich, sie winkelte die Beine hoch an, sodass sie mich noch intensiver spüren konnte. Dann wollte sie. Reiten wieder. Diesmal wollte und konnte sie es besser. Mit offenen Augen ritt sie mich und wartete regelrecht auf meinen Orgasmus. Der kam dann auch nach knapp 10 Minuten. Sie ritt beherzt und mutig weiter, so lange, bis ihr ihr signalisierte, dass es jetzt gut sei.

Erhobenen Hauptes stieg sie von mir ab und strich sich durchs Haar. „Besser so?" „Ja, diesmal war es prima", lobte ich sie, „Du hast schnell gelernt." Sie strahlte und machte es sich wieder auf meiner Brust gemütlich. Es war schön. Ihre langen, bunten Fingernägel krauten meine behaarte Brust und meinen gut trainierten Bauch. Ich wurde langsam müde.

„So, meine Süße, ich muss jetzt gehen, aber zuerst darf ich bitte noch duschen, Du verstehst?" „Klar", grinste sie und ließ mich in ihr klitzekleines Badezimmer. Ein letzter Kuss, dann ging es angezogen zurück zu Andrea. Ich trat ganz ruhig ein, doch weckte ich sie natürlich. „Und, wie war´s?", wollte sie wissen. „Toll", strahlte ich, „es war ein schönes Konzert. Aber jetzt bin ich müde und möchte schlafen." Arm in Arm schliefen wir mit den Worten „Ich liebe Dich" ein.

Rotterdam war auch absolut sehenswert, und schon war unsere Reise zu Ende. Nach der langen Zugrückfahrt nach München landeten wir erschöpft und dennoch glücklich in unseren Betten.

Alexa, die Chef-Tochter

Als neuer Firmenchef leitete ich nun seit wenigen Wochen die Geschäfte unserer TV-Produktionsfirma. Mein ehemaliger Chef hatte sich in den wohlverdienten Ruhestand verabschiedet und sich für mich als seinen Nachfolger entschieden. Seine Wahl war eine gute, denn ich arbeite schon so lange für die Company, stieg immer weiter auf, und weiß genau, wie der Laden läuft.

Die Abschiedsparty des weisen alten Mannes war ein Spektakel. Nun ja, firmenintern gab es nur eine kleine Zeremonie mit Ansprache und Champagnerrunde, doch privat ließ er es krachen. Über 200 Menschen waren geladen auf sein Anwesen im schönen Starnberg. Er wollte unbedingt, dass ich die Andrea mitbringe, aber die entschied sich, bei unseren Kindern zu bleiben und wünschte mir einen schönen, feierlichen Abend.

In meinem noblen BMW fuhr ich zur Party und staunte nicht schlecht: Das Anwesen war Wahnsinn! Ein schlossähnliches Haus stand mitten auf einer parkähnlichen Anlage. Sehr exklusiv. So möchte ich auch wohnen, schoss es mir durch den Kopf, doch so hoch war meine Gehaltserhöhung zur Nr. 1 doch nicht gewesen, dass ich mir das eines Tages leisten könne.

Egal. Ich suchte meinen Ex auf und gratulierte ihm zum neuen Lebensabschnitt. Er war sehr rührselig und hatte Tränen in den Augen, als wir uns über die Firma unterhielten. Gute, alte Zeiten. Er hatte sie vor über 30 Jahren aufgebaut, es war sein Baby. Muss schon schlimm sein, eines Tages dies loszulassen und zu verlieren. Aber ich denke, die fünfstellige Summe, die er monatlich als „Berater" rausbekommt, entschädigt für einiges.

Ich kannte einige der Gäste, zahlreiche Kolleginnen und Kollegen waren ebenso geladen wie ich, die meisten waren mit ehelicher Begleitung da. Um Punkt 21 Uhr war es dann soweit: Der Hausherr bat zur Versammlung und nahm das Mikro in die Hand. Es war eine bewegende Rede, die er hielt. Viele nette Geschichten baute er ein, die Stimmung war köstlich. Er bedankte sich bei allen Gästen und seiner Familie. Und da war sie: Eine bildhübsche Blondine, die er als seine jüngste Tochter Alexa vorstellte. Sie war etwa 1,75 m groß und äußerst schlank.

Sie gefiel mir auf den ersten Blick. Sie trug ein schickes Abend-
kleid, das ihren knackigen Po sehr schön in Szene setzte. Als
Chef fertig war, suchte ich seine Nähe und lobte ihn für die erst-
klassige Rede. Er umarmte mich fast zärtlich und meinte:
„Kennst Du überhaupt mein Küken?" „Nein", erwiderte
ich. „Alexa, komm mal!", rief er durch den Raum, und schön
wie ein Schwan stolzierte die hübsche Blondine auf uns zu.

„Das ist Alexa, meine Jüngste, sie ist gerade 18 geworden", stellte er mir stolz Miss Beauty vor. „Angenehm", begrüßte ich sie herzlich mit Handkuss. Wir kamen ins Gespräch. Daddy wurde woanders gebraucht, also konnte ich ungestört mit ihr
reden. „Du bist also der Nachfolger meines Vaters", musterte
sie mich genau. „Ja, er hat mir die Firma übergeben. Wir haben
viele Jahre zusammen gearbeitet und er hat mir immer voll und
ganz vertraut." „Eine gute Wahl", grinste Alexa und musterte
mich weiter. „Noch Champagner?" „Ja", schlürfte ich mein letztes Glas aus und stieß mit ihr neu an.

Wenig später wurde getanzt. Das ließ ich mir natürlich
als Star-Tänzer nicht nehmen und zerrte meinen neuen Fang mit
auf die Tanzfläche. Wie ein eingespieltes Team legten wir eine
flotte Sohle aufs Parkett. Alexa tanzte gut und wir harmonierten
prima miteinander. Meine Hand auf ihrer Hüfte störte sie nicht,
im Gegenteil: Ich hatte das Gefühl, sie drücke ihren Körper immer mehr dagegen. Nicht schlecht, vielleicht wird das ja was,
dachte ich still bei mir. Lust auf sie hatte ich allemal.

In den letzten Monaten hatte ich meine Frauengeschich-
ten etwas ruhen lassen. Der berufliche Aufstieg erforderte viel
Konzentration und Leistung, es blieb wenig Zeit für mich, und
die, die ich hatte, investierte ich in meine geliebte Familie Andrea, John Paul und Anna Lina. Familie ist mir heilig. Es ist wunderschön, zu sehen, wie mein eigen Fleisch und Blut aufwächst
und wie ich als Familienoberhaupt die Strippen ziehe, damit alle
glücklich sind. Sex mit meiner Frau Andrea war seltener geworden, aber wenn, dann war er befriedigend und wunderschön.

Der Tanz mit Alexa neigte sich dem Ende. Alexa schlug
vor, mir mal das Anwesen zu zeigen, sollte es mich interessie-
ren. Natürlich tat es das, aber nicht des Anwesens wegen, sondern um Alexa näher zu kommen.

Ich merkte, sie fand mich gut, also dranbleiben! Wir verließen die Party und gingen durch Gänge, wo sie mir nacheinander einige stilvoll eingerichtete Zimmer ihres Elternhauses zeigte. Beeindruckend.

Schließlich landeten wir im zweiten Stock, wo sie mir ihr Zimmer präsentierte. „Schau, hier bin ich groß geworden. Hier schlafe ich seit meinem 4. Lebensjahr." Ich blickte in ein rosa angestrichenes Zimmer mit einem kuscheligen Bett, auf dem sich einige Stofftiere aufhielten. Das Zimmer war groß, mit Anschluss an ein eigenes Bad.

Sie führte mich hinein und ich durfte mir alles ansehen. Echt, ich fühlte mich wohl hier drin. Doch plötzlich merkte ich, dass meine Blase unruhig wurde. „Darf ich mal schnell auf Toilette eine Runde pinkeln?", fragte ich etwas verschämt. „Klaro, fühl Dich wie Zuhause", lächelte sie, während ich im Nebenraum verschwand und mich erleichterte.

Nachdem ich gespült und die Hände gewaschen hatte, erwartete mich zurück in Alexas Zimmer eine Überraschung: Sie war verschwunden! „Alexa? Alexa?", rief ich verunsichert, doch sie war nicht anwesend. Komisch, schoss mir durch den Kopf, was ist denn nun los? „Alexa? Wo bist Du?" Keine Antwort. Traurig sinnierte ich und überlegte, ob es mit mir als Womanizer zu Ende geht.

Habe ich es nicht mehr drauf? Kann ich nicht mehr so gut flirten wie früher? Missverstehe ich auf einmal für mich eindeutige Gesten? Solche Gedanken verstörten mich und ich wollte nur noch den Raum verlassen, doch die Tür war abgeschlossen. Ich drückte und zog am Henkel, doch nichts tat sich. Die Tür war abgeschlossen. Verdammt! Was soll das?!

„Alexa? Machst Du bitte auf? Lass mich raus!", rief ich, doch es kam keine Antwort. Die Türe eintreten wollte ich nicht, per Handy meinen Ex-Chef anrufen ebenso nicht, also setzte ich mich erstmal aufs Bett, zog mein Sakko aus und überlegte. Just in dem Moment knarrte die Holztür des großen, beigen Schrankes und Alexa kam kichernd herausgestiegen.

„Hahaha", lachte sie köstlich über meine erstaunte Miene. „Sag mal, was soll das?", fauchte ich sie an, „so einen blöden Scherz habe ich lange nicht mehr erlebt.

Du bist doch kein kleines Kind mehr!" Sie grinste immer noch blöd. Ich stand auf und schritt entschieden auf sie zu: „Kannst Du mir erklären, was das soll?" Als Antwort bekam ich einen Kuss auf den Mund gedrückt. Der machte mich sprachlos.

Bevor ich etwas sagen konnte, noch einer. Diesmal saftiger. Lecker. „Naja", strahlte sie, „ich habe abgeschlossen, damit wir hier ungestört sind, oder ist das nicht in Deinem Sinn?" Ich verstand. „Doch, schon, die Überraschung ist Dir echt gelungen. Ich dachte, Du lässt mich einfach hier zurück und haust ab." „Quatsch", flötete sie, „ich mag solche Spielchen, die sind das gewisse Etwas."

Recht hatte sie, besonders war das schon. Und besonders gut war auch der dritte Kuss, den sie mir auf meine Lippen aufsetzte. Diesmal mit Zunge. Ihre Hand arbeitete derweil an meiner Hose, ich ließ es zu, schließlich wollte ich es ja auch. „Sind wir hier wirklich ungestört?", fragte ich unsicher. „Klar, hier oben ist keiner, nur wir", küsste sie mich weiter, „außerdem ist ja abgesperrt, aber allzu laut stöhnen sollten wir nicht, meine Eltern haben einige meiner Ex-Freunde hier schon gehört."

Wenn´s weiter nichts ist, dachte ich, Hauptsache es wird ein geiler Fick. Schnell rutschte meine schwarze Hose abwärts und mein weißer Slip folgte. Schon war sie auf ihren Knien und lutschte an meinem Penis herum. Es fühlte sich göttlich an. Ich schaute auf sie hinab, ihre langen, blonden Haare wippten mit ihrem Kopf hin und her, als sie begann, mir einen Blowjob der Extraklasse zu geben.

Steifer als steif wurde er schon nach der ersten Minute. Dieses Girl konnte so gut blasen wie mein Ex-Chef die Firma geführt hatte. Ich spürte schon meinen Saft brodeln, da hörte sie auf und zog mich aufs Bett. Ich verstand. Ich lüftete ihr Kleid, und sie hatte nichts drunter! Eine blanke Paris-Hilton-Muschi strahlte mich an. Sauber war sie und aalglatt. Voller Elan begann ich ihre Schenkel zu küssen und wanderte weiter zu ihrem magischen Dreieck. Tief stöhnte sie auf, als ich ihre Klitoris das erste Mal erwischte. „Nicht so laut", raunte ich ihr zu und begann mit meiner Arbeit. Katjas Leck-Technik war immer noch das Beste, was ich je von einer Frau gelernt hatte, also durfte nun auch Miss Alexa dieses Zungenspiel genießen.

„Ah, Ah", stöhnte sie leise und unterdrückt vor sich hin. Ich erhöhte meine Intensität und wie ein heftiges Erdbeben zitterte
Alexas schöner Körper, als sie kam. Sie biss in ein Kissen, um
nicht alle Gäste der Party auf sich aufmerksam zu machen.

„Das hat mächtig gekribbelt", grinste sie und bat mich,
meine Kunst zu wiederholen. Diesmal dauerte es nicht mal 2
Minuten, bis sie bebend zu ihrem zweiten Orgasmus kam.

„Ficken oder blasen?", fragte sie mich dann mit großen
Augen. Ihr Blowjob war sensationell gewesen vorhin, doch gekommen war ich ja noch nicht. Ich wollte es unbedingt in ihren
Mund erledigen. „Blasen", schoss es aus mir heraus. Sie zog
mich hoch und kniete sich in dieselbe Position wie vorhin. Und
schon war er wieder in ihrem Mund verschwunden. Sanft und
gleichzeitig stark blies sie ihn, er wurde erneut knallhart und ich
bereitete mich auf meinen Höhepunkt vor.

„Jetzt", knurrte ich und beobachtete, wie ich ihr Ladung
für Ladung in den Mund spritzte, und wie sie schluckte und
schluckte. Brav machte sie das, wie ein Engel. Immer weiter,
bis ich leer war und mein Dong wieder seinen Normalzustand
erreicht hatte. Das mag ich besonders, wenn man noch ein bisschen nachlutscht und nicht sofort aufhört, wenn das Sperma alle
ist. Gut gemacht, Alexa! Die weiß, was ein echter Mann will.
Als Belohnung leckte ich Alexa zu 2 weiteren Orgasmen, doch
dann klingelte ihr iPhone und Daddy fragte, wo sie stecke.

„Bin gleich da, Vater", antwortete sie höflich, was bedeutete, dass wir unsere Intimitäten einstellen mussten. „Schade, ich hätte gerne noch mit Dir geschlafen", gestand sie und
schaute mich traurig an. „Nicht traurig sein, Mädchen. Nach 4
Orgasmen solltest Du strahlen."

Schon grinste sie und küsste mich auf den Mund. „Ver-
sprichst Du mir, dass wir das nachholen?" „Ja", bestätigte ich,
und zusammen gingen wir zurück auf die Party. Alexa bekam
ein paar Aufgaben aufgetragen, um die sie sich fleißig kümmerte. Nach einer gigantischen Eisbombe knallte um 24 Uhr ein
Feuerwerk in die Runde. 40.000 Euro hat das gekostet, erfuhr
ich später. Um 1 morgens verabschiedete ich mich von meinem
ehemaligen Chef und seiner bildhübschen Tochter mitsamt ihrer
Handynummer im Gepäck nach Hause.

Nicola, die Entspannungssonne

Bis zu 13 Arbeitsstunden pro Tag – das schlaucht. Aber wer viel verdienen will, muss auch viel arbeiten. So sind die Regeln des Spiels. Zwischendurch kann ich mir zwar immer mal 1 oder 2 Tage freinehmen, doch mein Arbeitspensum war schon gewaltig geworden. Ich merkte, dass ich dringend einen Ausgleich brauchte … und hörte von AT.

AT ist das „Autogene Training" und gilt als die weltweit erfolgreichste Entspannungstechnik. Nicht schlecht, dachte ich, genau das Richtige für mich! Ich informierte mich bei mehreren Seminaranbietern und entschied mich für einen Wochenendkurs in Stuttgart. Jeden Tag hin- und zurückfahren wollte ich nicht, also buchte ich ein nettes Hotel, nur 3 Gehminuten von der Seminarstätte entfernt.

Der Kurs startete Freitag um 17 Uhr. Pünktlich fand ich mich in der Schule ein und fühlte mich auf Anhieb wohl. Das Unterrichtszimmer war ordentlich, freundlich und warm eingerichtet, es lief eine entspannende Musik im Hintergrund, da lagen Matten und Decken, und ich machte es mir gemütlich. Nach und nach trafen die anderen Seminarteilnehmer ein, doch sie interessierten mich nicht … bis auf Nicola.

Als ich sie sah, wusste ich: Die muss ich haben! Sie war sehr jung, etwas größer als 1,60 m, schlank, hatte dunkle, lange Haare und eine sexy Figur. Frech stellte sie ihr orange-gelbes Täschchen ab und rief laut „Hallo zusammen!" in die Runde. Eine Berliner Schnauze vom Allerfeinsten.

Freudig erregt blickte sie jeden einzelnen Seminarteilnehmer an und blieb bei mir hängen. „Ist noch Platz neben Dir?", säuselte sie mich an und besetzte im selben Moment die Decke zu meiner Rechten. „Ich bin Nicola", stellte sie sich mir vor und reichte mir ihre ringübersäte Hand. 5 Ringe an 5 Fingern. Ihr Händedruck fühlte sich metallisch an. Zeit zum Kennenlernen hatten wir nicht, denn schon war die Kursleiterin im Raum und begrüßte uns herzlich. Sie hieß Gundula und sah genauso aus. Von der Einführung erreichte mich leider wenig, zu abgelenkt waren meine Gedanken.

Ich starrte zu Nicola rüber und musterte sie. Sie war hübsch, ihre Nase vielleicht etwas zu lang, geile Lippen, schöne Wölbungen unter der Bluse. Im Schneidersitz saß sie da und ließ sich von mir begaffen.

Nun war es Zeit für die erste Übung. Wir schlossen unsere Augen und spürten Ruhe. Es ist gar nicht so leicht, sich 5 Minuten lang auf Ruhe zu konzentrieren. Da hört man jedes Geräusch, Gedanken kommen und beschäftigen einen, doch die soll man ziehen lassen und einfach frei sein. Nach kurzer Besprechung, wie jeder sich gefühlt hat, versuchten wir es erneut, diesmal klappte es schon besser. Kurze Pause. Smalltalk.

Ich intensivierte meinen Kontakt mit Nicola und wollte mehr von ihr wissen. „Ich bin durch und durch Berlinerin. Hört man auch, oder? Gehe noch zur Schule, bin 18, mache dieses Jahr mein Abi, will danach Psychologie studieren." Eine Jung-Psychologin, aha, dachte ich, wenn die nur hoffentlich kein Rad ab hat. Ich fragte sie, warum sie den Kurs belegt.

„Big Prüfungsstress", antwortete sie, „das macht mich fertig. Außerdem nervt mich mein Ex, der mich belästigt und mindestens zweimal die Woche anruft, weil er wieder mit mir zusammenkommen will. Da drehe ich durch. Das stört! Ich will gelassener werden und abschalten können. Deshalb bin ich hier. Und Du?"

Ich erzählte ihr von meinem stressigen Job. Dann ging es weiter. Gundula versetzte uns erneut in tiefe Trance und ich sollte fühlen, wie angenehm schwer mein Körper ist. Zuerst war er butterleicht, aber dann wurde er tatsächlich schwer und immer schwerer. Ich hatte das Gefühl, Blei steckt in meinen Armen und Füßen. Eine interessante Erfahrung.

Zuerst bekam ich etwas Angst, doch schnell merkte ich, wie sich mein Körper durch das Schweregefühl entspannte, wie sich meine Muskeln lösten und ich immer ruhiger wurde. Geil, dachte ich, das wirkt ja!

21 Uhr war Schluss. „Und, was machst Du heute Abend noch?", fragte ich Nicola. „Erst mal etwas essen, ich habe Hunger." „Ich auch", lächelte ich und schlug ihr vor, zusammen dieses Bedürfnis zu befriedigen. „Gerne", grinste sie, und schon befanden wir uns auf dem Weg in die City.

Ein Italiener lächelte uns an. Hinein. Bei Pasta unterhielten wir uns nett. „Wo nächtigst Du?", fragte sie mich mit hochgezogener Augenbraue. „Im Maritim", antwortete ich. „Das kostet ja wie blöd!" „Naja", beschwichtigte ich, „man muss nur früh genug buchen oder Connections haben." „Wie früh hast Du gebucht?"

„Gar nicht früh, es sind die Connections", grinste ich, „als Fernsehtyp hat man so seine Beziehungen." Sie staunte. „Ich war noch nie in einem so großen Hotel wie dem Maritim. Die haben doch luxuriöse Zimmer, oder? Gehobene Klasse." Ich nickte. „Ich würde gerne mal so ein Zimmer sehen. Zeigst Du es mir? Nimmst Du mich mit?" „Klar", strahlte ich und war mir sicher, den Vogel für die Nacht im Sack zu haben.

Nachdem wir fertig diniert hatten, schleifte ich sie mit zum Maritim. „Wow, was für ein Komplex!", blickte sie ungläubig empor und ließ sich von mir in die Empfangshalle führen. „Das ist unglaublich! So viel Luxus auf einem Haufen. Sieh mal, was für edle Bilder da an der Wand hängen!" Nicola war echt von den Socken. Als sie mein Zimmer betrat, noch mehr.

„So ein schönes Hotelzimmer habe ich noch nie gesehen! Und erst das riesengroße Bett! Darf ich mal die Matratze testen?" „Fühl Dich wie zu Hause", war meine Antwort. Nicola ließ ihr Täschchen fallen und sprang aufs Bett. Wild tollte sie herum und grinste dabei wie Pippi Langstrumpf.

„Jetzt muss ich das Bad sehen!", rief sie mir zu und lief auch schon los. „Darf ich?" „Hinein!", drückte ich sie verbal in das wunderschöne, marmorreiche und bespiegelte Luxus-Badezimmer. „Geil, Dusche mit Massagedüsen an der Wand! Hast Du etwas dagegen, wenn ich die mal ausprobiere?", fragte sie aufgeregt. „Nein", antwortete ich und wollte ihr vorschlagen, zusammen dieses Experiment zu wagen, doch schon riss sie sich die Klamotten vom Leib und drückte auf den Startknopf.

Leider hatte sie vergessen, die Dusche zu schließen, und so spritzte das Wasser den ganzen Raum inklusive meiner Wenigkeit voll. „Hui", grinste sie, „sorry!", und zog die Duschwände zu. Da stand ich nun: Nass, geil und überrumpelt. Damit hatte ich nicht gerechnet. Ich hatte sie nackt gesehen. Ihr Körper war schön und jung.

Ihre Brüste standen dynamisch, ihre Muschi war blank wie ein geputzter Spiegel. Sie stand unter der Dusche und genoss das feuchte Nass. Die Düsen an der Wand verrichteten gute Arbeit und massierten Nicolas Körper von oben bis unten. Ich stand da und wusste nicht, was ich tun soll. 10 Minuten lang. Dann drehte sie den Hahn ab und rief mir zu: „Ein Handtuch, bitte!" Ich warf ihr eines rein. Sekunden später stand sie im Tuch eingewickelt vor mir.

„Das war geil, danke!", flötete sie und küsste mich auf die Wange. Sie lief ins Wohnzimmer und warf sich aufs Bett. „Wow, der Fernseher ist ja riesig!", staunte sie und griff hastig nach der Fernbedienung. Schon lief MTV. Musik. Das gefiel ihr. Sie machte es sich auf dem Bett gemütlich und glotzte.

Ich stand da wie benebelt und konnte nicht reagieren. Schließlich gab ich mir einen Tritt und setzte mich zu ihr aufs Bett. Sie lag auf dem Bauch und starrte wie gefesselt aufs TV-Gerät. „Kannst Du mich massieren?", fragte sie mich und zog gleichzeitig das Handtuch weg. „Wenn Du möchtest", stammelte ich und holte Creme aus dem Badezimmer.

Sie lag da, nackt auf meinem Bett, und wollte massiert werden. In T-Shirt und Jeans legte ich los. Ich massierte zuerst ihren schönen Rücken, dann ihren Nacken. Etwa 15 Minuten. Dann wanderte ich tiefer zu ihren Beinen. Zuerst das linke Bein, dann das rechte Bein, auch die Fußsohlen. „Soll ich auch Deinen Po eincremen?" „Klar, mach einfach", antwortete sie, als ob es das Normalste der Welt wäre, während sie weiter an der Röhre klebte. Ihr Po war gut trainiert und formschön. 2 kleine Hundepfötchen waren darauf tätowiert. Süß.

Ich massierte gut und gab mir Mühe, ihre Aufmerksamkeit zu gewinnen, doch noch weilte ihr Verstand bei den dämlichen Musikvideos auf MTV. Na warte, Mädel, Dich kriege ich noch! Ich beschloss, einen Gang hochzuschalten und konzentrierte mich jetzt mehr auf die Ritzengegend.

Ich drückte ihre Oberschenkel sanft auseinander und streichelte jetzt zwischen ihre Beine. Das zeigte Wirkung. Nicola atmete lauter und ihre Hände krallten sich am vorderen Bettrand fest. Ich glitt tiefer und massierte um ihren Anus herum, dann noch tiefer, bis ich ihre Schamlippen spürte.

Die waren warm und pulsierten. Nicola genoss. Sie fragte nicht, sie redete nicht, sie ließ es einfach zu. Geil! Ich steckte meinen Zeigefinger in ihre Muschi und spielte Billard. Nun stöhnte sie schon heftig und wollte mehr. Dies signalisierte sie mir, als sie sich umdrehte, mich zu sich runter zog und mir ihre Zunge in den Hals drückte. Die war genauso warm und feucht wie mein Zeigefinger.

Küssen konnte das Luder, verdammt! Ihr Lippen- und das Zungen-Piercing waren eine interessante Erfahrung. „Fick mich", hauchte sie mir ins Ohr und zog mir Shirt, Jeans und den Peniskäfig aus. Mein Dong war längst steif und arbeitsbereit. Ohne Kondom wollte ich sie nehmen, doch das ließ sie nicht zu: „Ich nehme keine Pille, das wäre zu riskant. Hast Du nichts dabei?" Verdammt, Mist, dachte ich, warum muss die auch so zickig sein, ich hätte schon aufgepasst und ihn rechtzeitig herausgezogen. Aber gut, geht halt nicht. Was nun?

„Dann leck mich!", befahl sie und drückte meinen Kopf in ihren Schoß. Gerne tat ich das. Ihre Pussy war sauber und gut gepflegt, ihr Kitzler rund und erregt. Ich begann mit der Arbeit und leckte auf Stufe 1: Schamlippen-Spiele. Weiter ging es mit Stufe 2: Kitzler-Berührungen. Dann drückte ich ihr meine Zunge rein und aktivierte den höchsten Gang. Gleichzeitig rubbelte ich ihre Stecknadel. Nicola stöhnte laut und lauter, bis sie nach wenigen Minuten schreiend zum Höhepunkt kam.

Nicola war glücklich: „Du kannst das aber gut, mein Großer!", lobte sie und küsste mich voller Inbrunst. Dann blickte sie mir tief in die Augen: „Kannst Du das nochmal machen?" „Ja, aber nur, wenn Du mich zuerst verwöhnst", grinste ich sie an. „Deal", nickte sie bereitwillig und kommandierte mich nach unten: „Leg Dich hin und genieße." Das tat ich auch. Ihre Hand um meinen Penis fühlte sich sonderbar an, denn sie hatte immer noch alle 5 Ringe an den Fingern.

„Willst Du die nicht ausziehen?" „Nee, die lasse ich immer an." Sie wichste weiter. Nun fühlte es sich schon besser an. Ich gewöhnte mich schnell an das Metall am Penis und ließ sie machen. Ihr Blickkontakt war geil. Ich musste mich beherrschen, noch nicht zu kommen, doch es war sinnlos. Gerade als sie ihren Mund ansetzte, spritzte ich los und ihr ins Gesicht.

Nicola zuckte und zog ihren Kopf hoch, doch sie wichste fleißig weiter und brav zu Ende. „Du kannst mir doch nicht einfach ins Gesicht kommen", meckerte sie mich an und wischte sich mein Sperma von ihrer Nase. „Sorry", entschuldigte ich mich, „das ging alles so schnell. Ich wollte mich ja zurückhalten, aber Dein Handjob war der Hammer, da kam es auch schon plötzlich." Dieses Lob wirkte. Nicola lächelte mich an. Alles war wieder in Butter. „So, und jetzt leck mich bitte noch mal."

Ich tat ihr den Gefallen und züngelte sie erneut zu einem fantastischen Orgasmus. Sie kam und lächelte mich süß an. „Hast Du noch Power?", fragte sie mich frech. „Wenn ja, dann blase ich Dir jetzt einen." „Los, leg schon los", drückte ich ihren Kopf in meinen Schoß und sah zu, wie sie meinen Penis in ihren Mund stopfte. Sie blies wirklich gut. Tief und fest. Ihre Ring-Hand machte fleißig mit. Nach 7 Minuten explodierte ich in ihr Mündchen. „Ich komme!", warnte ich sie noch, doch sie blies im Rausch weiter und schluckte alles. Sexuell überaus befriedigt schliefen wir Seite an Seite im Luxusbett ein.

Am nächsten Morgen waren wir spät dran. Ohne Sex und leider auch ohne Frühstück eilten wir zur Seminarstätte, wo wir pünktlich um 9 Uhr eintrafen. Und schon ging es los:

Gundula erklärte uns die nächsten Übungen und schickte uns in Entspannung. Nach der Schwere fühlte sich mein Körper auf einmal schön warm an. Ein tolles Gefühl! Den Körper auf Knopfdruck warm werden lassen zu können, ist unglaublich! Dann lernten wir, unsere Atmung fließen zu lassen. Ich konnte deutlich spüren, wie sich mein Atemrhythmus verlangsamte und ich noch entspannter wurde. Eine geniale Technik! Dann war Mittagspause. „Lust auf Essen oder Lust auf Ficken?", fragte ich Nicola.

„Ich habe Lust auf beides", antwortete sie. 1 Stunde hatten wir Zeit. Wir eilten ins Maritim und in mein Zimmer. Im Bett wurde uns klar, dass wir etwas vergessen hatten: Kondome. „Scheiße, schon wieder kein Poppen!", fluchte sie. „Aber egal, dann machen wir es uns wieder gegenseitig, ist auch verdammt geil. Komm, 69!" Ich unten, sie oben, so leckten, streichelten und küssten wir uns zu unseren Orgasmen. Zuerst kam Nicola, deren Soße mir voll ins Gesicht lief. Dann kam ich.

Ich spürte meinen Orgasmus brodeln. Mein Körper spannte sich immer kräftiger an und schließlich schoss ich gnadenlos ab. Nicola nahm die ersten Ladungen mit dem Mund auf, dann wichste sie im Affentempo weiter, bis ich sie bat, damit aufzuhören. Erschöpft lagen wir da und wären am liebsten liegen geblieben, doch die Zeit rannte und wir hatten Hunger. Also schnell zum nächsten Imbiss, Pommes und Würstchen runterwürgen und zurück zum Seminar.

Interessant ging es weiter mit der Herzübung. Wir fielen tief in Entspannung, und nach den bereits bekannten Übungselementen Ruhe, Wärme und Atmung konzentrierten wir uns auf den Herzschlag und beobachteten, wie dieser sich schön optimierte und auf Ruhe und Entspannung des Körpers einstellte.

Danach rückte das Sonnengeflecht in den Mittelpunkt des Geschehens. Das Sonnengeflecht liegt im Oberbauch, ist zuständig für viele Umschaltungen im Organsystem. Es wurde schön warm und ich entspannte mich tief. Die letzte Übung war die kühle Stirn. Wie eine frische Brise spürte ich sie, ich fühlte mich frei und klar. Diesen wunderschönen Zustand durften wir abspeichern. Dann kamen wir wieder zurück ins Hier und Jetzt.

Mir ging es super! Ich war gut erholt und topfit. Auch Nicola strahlte, ebenso alle anderen Teilnehmer, bis auf Georg, der mit dieser Technik nicht klarkam. Aber egal, ein schwarzes Schaf gibt es ja immer. Es war 18 Uhr, Kursende am Samstag. „Sollen wir Essen gehen?", lud ich Nicola ein, mir zu folgen. Sie folgte. Wir entschieden uns für deutsche Küche und schlugen uns den Wanst voll. Auf dem Weg zum Hotel liefen wir an einem Kinopalast vorbei, der den neuen Bond präsentierte.

„Auf den habe ich Lust", rief Nicola aufgeregt, „komm, lass uns gucken!" Ich fügte mich ihrem Enthusiasmus und hockte mich 2 Stunden in den Kinosaal, um 007 bei seinen Abenteuern zu bestaunen. Normal mag ich James Bond sehr, doch ich hätte in dieser Zeit lieber Nicola genagelt.

Der Film war endlich zu Ende, ich drückte aufs Gaspedal: „Jetzt aber ins Hotel!" Mir fiel ein, dass wir ja noch Kondome benötigten. „Warte, ich bin gleich wieder da", sagte ich und verschwand auf dem Herren-WC, wo ein Automat stand, den ich tüchtig bediente.

2 Zweierpackungen würden für die Nacht reichen. Mit dem erfolgreichen Einkauf begaben wir uns auf den direkten Weg ins Maritim. Dort fielen wir übereinander her. Wir machten Heavy Petting der härtesten Sorte und fickten uns das Hirn raus. Zuerst ich ihr, dann sie mir. Sie ritt mich dermaßen wild, dass ich fast einen Beckenbruch erlitt. Sie war schon zweimal gekommen, als auch ich kam. Ich spritzte Übermengen an Sperma ins Kondom und rollte die geile Reiterin schweißgebadet von mir herunter.

Nach kurzer Pause fickten wir wieder, diesmal Doggy. Ich besorgte es ihr auf die harte Tour und nagelte ihre Fotze wund. Als sie nicht mehr konnte, kam ich. Es war ein guter Orgasmus. Wir ruhten uns aus und schauten TV. Dabei schliefen wir ein. Am nächsten Morgen weckte mich ein Blowjob. Ich öffnete meine Augen und sah Nicola putzmunter und hellwach, wie sie meinen Dong steif blies. Er wurde immer steifer, bis er explodierte und mein Samen ihr hübsches Gesicht verzierte.

Es war erst 7 Uhr morgens, wir hatten noch ausreichend Zeit. Nach dem Frühstück knallharter Sex. Sie auf mir, rücklings. Sie hatte 2 Orgasmen, ehe ich meinen Höhepunkt erlebte. Der Sonntagstag des Seminars war ebenso spannend und bereichernd wie die beiden Tage zuvor.

Wir vertieften die Technik des Autogenen Trainings und lernten individuelle Formeln, mit denen erwünschtes Verhalten programmiert und unerwünschtes Verhalten gelöscht werden kann. Ich verabschiedete mich von Nicola mit einer 10-minütigen Kusssalve und versprach ihr, sie für geilen Sex in Berlin besuchen zu kommen.

Stefanie, das Zimmermädchen

Wir hatten einen Wochenenddreh in Stuttgart. Zu viert fuhren wir ins Schwabenländle, wo wir erst mal unser Equipment ins Hotel brachten. Plötzlich klopfte es bei mir an der Tür. Es war eine junge, hübsche Frau in Dienstkleidung. Sie musste das Zimmermädchen sein. „Hallo", sagte sie freundlich, „ich habe vorhin eine Kleinigkeit vergessen." Sie verschwand ums Eck und kam mit einem Bademantel zurück. „Der ist für Sie, wenn Sie den Saunabereich oder den Pool nutzen wollen." „Danke", sagte ich. „Ach übrigens, haben Sie heute Abend schon etwas vor?" Hallo!! Hatte ich das gerade wirklich gesagt??

Gut, sie war sehr attraktiv, sie gefiel mir auf den ersten Blick, aber so eine direkte Anmache hatte ich mir lange nicht mehr geleistet. Sie schaute mich mit großen Augen an und wusste nicht, was sie sagen sollte. „Entschuldigung", stotterte ich, „ich weiß nicht, warum ich … es ist einfach so aus mir herausgeplatzt. Die Pferde sind mit mir durchgegangen." Sie war immer noch sprachlos, dann fragte sie: „Ist das Ihr Ernst? Oder ein Scherz? Wollen Sie mich veralbern oder so?"

„Nein. Sie gefallen mir, und ich dachte, vielleicht hätten Sie ja Lust, heute Abend mit mir etwas essen zu gehen. Ich würde Sie gerne einladen." „Wirklich?", schaute sie mich unsicher an. „Klar, Sie müssen nur Ja sagen." Sie überlegte kurz. „Eigentlich darf ich mich nicht mit Gästen treffen, das wird nicht gerne gesehen." „Halb so wild", beruhigte ich sie, „wir gehen irgendwo essen, natürlich nicht hier im Hotel. Wir fahren ins Zentrum, ich kenne dort einen guten Italiener. Sie haben doch auch ein Recht auf Privatleben. Wenn Sie aber nicht wollen, dann sagen Sie es bitte. „Doch, gerne, schon, ich möchte, ich mache mir nur Sorgen.

Ich bin in der Probezeit und möchte keinen Fehler machen, wissen Sie?" „Klar, kann ich verstehen", beruhigte ich sie. „Ich verspreche Ihnen, das wird ein ganz netter Abend und Sie werden es nicht bereuen." „Na gut, und wo sollen wir uns treffen, und wann?" Ich schlug 19:30 Uhr vor und nannte ihr das Restaurant mitsamt Adresse.

Sie verabschiedete sich mit den Worten „Tschüss, bis dann, ich freue mich" und verließ das Zimmer. Ich wusste nicht einmal, wie sie hieß, trotzdem spürte ich, dass da etwas war.

Ein Gefühl, das mir sagte, dass es ein schöner, spannender Abend werden würde. Nach erledigter Arbeit machte ich mich schick für die Dame ohne Name. Elegant-lässig war mein Kleidermotto: Jeans, Hemd und Sakko. Dann fuhr ich in die City. Sie stand vor dem Restaurant und rauchte eine Zigarette. „Hi!", begrüßte sie mich nervös. „Scheint ein nobler Laden zu sein." „Ja, ich war hier schon, das Essen ist sehr lecker", erklärte ich. Wir gingen hinein und suchten uns einen schönen Tisch für 2.

„Ich bin übrigens die Stefanie", stellte sie sich vor und reichte mir ihre Hand. „Ein schöner Name", sagte ich und nannte ihr den meinen. Wir kamen nett ins Gespräch und bestellten uns Pizza. Stefanie war 18 Jahre alt, hatte mittellange, gelockte, braune Haare. Sie war knapp 1,70 m groß und wog etwa 50 kg. Sie trug schwarze Jeans und einen schicken, hautfarbenen Pulli. Ich suchte nach ihren Brüsten, konnte sie aber nicht entdecken. Keine Rundungen vorne, dafür hatte sie einen wohlgeformten Po.

Schon nach wenigen Minuten duzten wir uns. Ich erzählte Stefanie von meinen aktuellen Projekten. „Interessant", meinte sie, „aber Fernsehen ist nicht meine Sache. Das ist alles so pompös und übertrieben, so gestellt und getürkt." Das waren harte Worte. Was bildete sich dieses junge Ding ein? Andererseits faszinierte mich ihre Ehrlichkeit. „Tja, jeder macht halt das seine", lenkte ich ein. „Das ist mein Beruf, damit verdiene ich mein Geld, und Spaß macht es mir auch."

Stefanie wollte mehr über mich wissen: Alter, Hobbys, Beziehungsstatus. Ich gab ihr Auskunft und beendete die Frage-Antwort-Session mit dem Wort „Single". „Aha", staunte sie und lächelte geil. „Und Du?" „Auch", grinste sie verlegen. Der erste Schritt war getan, sie schien Interesse an mir zu haben.

Irgendwie kamen wir auf das Thema „Sex" zu sprechen. „Könntest Du Dir vorstellen, mit einer Frau, die Du gerade erst kennengelernt hast, am selben Abend Sex zu haben?", fragte sie mich. „Klar", meinte ich locker.

„Hast Du so was schon mal gemacht?", wollte sie wissen. „Ja", antwortete ich, „und Du?" „Ich auch, einmal." „Hast Du es bereut?" „Nein, es war gut." Die Unterhaltung wurde interessanter. „Du, hast Du heute Abend noch Termine?", fragte sie mich neugierig. „Nein, ich bin frei." „Hast Du Lust, zu mir zu kommen, wir könnten einen DVD-Abend machen", schlug sie vor. „Gerne", lächelte ich, „das wird sicher ein netter Abend."

Stefanie wohnte in einer WG, ihre Mitbewohnerin war für 2 Wochen im Urlaub, das traf sich gut. Stefanies Zimmer war schön ordentlich. Als Zimmermädchen wusste sie ja, wie so etwas geht. Wir machten es uns auf dem Sofa gemütlich. „Auf was hast Du denn Lust?", fragte sie mich. „Also, wenn Du mich so direkt fragst", grinste ich, „auf Dich." Sie fing an zu lachen: „Ich meine, auf welchen Film." „Was hast Du denn da?" „Was hältst Du von Mel Brooks?" „Klasse", jubelte ich, „ich liebe Mel Brooks!", und schon hatte sie „Spaceballs" in der Hand.

Spaceballs ist einer der lustigsten Filme, die ich kenne, ein absoluter Klassiker. „Geil", meinte ich, „absolut geil. Rein damit!" Wir schauten uns den Film an und lachten viel. Noch saßen wir harmlos nebeneinander, keine Annäherungsversuche von ihr oder von mir, Spaceballs ging einfach vor.

Als der Film zu Ende war, drehte sie sich zu mir und fragte aufreizend: „So, und auf was hast Du jetzt Lust?" „Worauf hast Du denn Lust?", drehte ich den Spieß um. „Auf Dich." Bingo. Sie schloss ihre Augen und wartete auf einen Kuss. Sie bekam ihn. Wir knutschen, doch leider hatte sie Mundgeruch. So etwas törnt mich ab. Ich versuchte, so wenig wie möglich einzuatmen. Als ich ihr unter den Pulli ging, hielt sie meine Hand fest: „Warte, ich mache mich kurz frisch, dann können wir." Schlaues Mädel.

Ich hörte die Toilette spülen, das Waschbecken und eine elektrische Zahnbürste surren. Gutes Zeichen. Dann kam sie zurück und wir machten da weiter, wo wir aufgehört hatten. Sie roch nun viel besser, ihre Küsse schmeckten nach Pfefferminze. Nun war es an der Zeit, ihre Titties herauszuholen. Ich zog ihr Pulli, Shirt und BH aus, zum Vorschein kamen ziemlich kleine Dinger. „Ich hasse meine Brüste, die sind so klein", sagte sie traurig.

„Ach was", beruhigte ich sie, „ich finde sie schön. Sie sind zwar klein, aber fein. Sie gefallen mir, sie fühlen sich gut an." Ich nahm ihre beiden Mini-Airbags in meine Hände und knetete sie. „Ich habe schon darüber nachgedacht, ob ich sie vergrößern lassen soll", gestand sie mir mit gesenktem Haupt.

„Oh no, tu das bitte nicht!", ermahnte ich sie. „Künstliche Dinger sind scheiße. Du hast schöne, gesunde Brüste, was willst Du mehr?" Ich konzentrierte mich auf ihre rosa Brustwarzen und saugte daran wie an einer Mundharmonika. „Oh, gut!", stöhnte sie. Ihre Hände waren nun unter meinem Hemd und streichelten meinen männlichen Oberkörper. Dann machte sie sich an meiner Hose zu schaffen und holte Willy heraus. Ihre Berührungen zeigten Wirkung, schnell wurde er zum Riesen.

„Mann, ist der schön", staunte sie. „So einen schönen Penis habe ich noch nie gesehen. Darf ich ihn auch in den Mund nehmen?" „Na klar", antwortete ich und schaute zu, wie sich ihr Mund über mein Glied senkte und sie langsam mit der Arbeit begann. Eines war klar: Die Stefanie war Blowjob-Expertin. Ein Mundgenie. Sie verstand es, einen Mann verrückt zu blasen. Sie behielt ihr langsames Tempo bei, doch das reichte, um mich an den Rand des Wahnsinns zu treiben. „Ich komme gleich, mach weiter, genauso!", stöhnte ich. Da hörte sie auf.

„Ich möchte aber mit Dir schlafen." „Danach, versprochen, aber bitte mach weiter, es ist so geil!", forderte ich sie auf, den Blowjob zu beenden. Das tat sie dann. Ich spürte meinen Saft brodeln und die Zuckungen, als ich kam. Sie ließ mein Sperma aus ihrem Mund herauslaufen, es war viel. Mir drehte sich alles, ich zitterte am Körper und spürte meine Beine kaum noch. „Mann, war das intensiv!", lechzte ich nach Luft. „Kannst Du das gut!" Sie war glücklich und lächelte süß.

Nachdem ich mich kurz ausgeruht hatte, kümmerte ich mich um sie. Ich machte sie nackig und fing an, ihre Pussy zu stimulieren. Sie hatte unten einen Irokesenschnitt, schmal und kurz getrimmt, einen schönen Unterkörper, zierliche Beine, geilen Po. Ich spielte mit ihrer Klitoris, die im Vergleich zu anderen Frauen sehr groß war. Die musste ich lecken. Sie stöhnte laut auf, als ich mit meiner Zunge ihre empfindlichste Stelle traf. Schon nach 3 Minuten kam sie zum Orgasmus.

48

Doch sie hatte nicht genug. „Weiter, weiter!", flehte sie. Nach 3 weiteren Orgasmen innerhalb von 10 Minuten brauchte sie eine Pause. „Du bist echt ein Gott in dem, was Du tust", erkannte sie meine Leistung an. „Und jetzt möchte ich mit Dir schlafen."

Gesagt, geschlafen. Stefanie holte ein Kondom aus der Lade, und ab ging der Express. Sie wollte es von hinten, Doggy Style war ihre Lieblingsposition. Sie kniete sich genüsslich vor mich und hielt mir ihren Arsch hin. Hinein! Der Fick war geil. Ihre Pobacken bewegten sich rhythmisch zu meinen Stößen, ich genoss den Anblick sehr. Ich kam.

Nachdem wir zusammen geduscht hatten, zog ich mich an und verabschiedete mich. „Wenn Du Lust hast, können wir das morgen wiederholen. Ich habe erst ab 22 Uhr Zeit, wenn Dir das nicht zu spät ist." „Ach was, passt. Kommst Du dann zu mir?", fragte sie. „So machen wir´s", antwortete ich, „ich freue mich." „Ich auch", lächelte sie und umarmte mich.

Der nächste Arbeitstag war sehr anstrengend. Ich freute mich schon wie ein kleines Kind auf den Abend, auf Stefanie. Als ich aus dem Studio raus kam, war es bereits 22:30 Uhr. 15 Minuten später war ich bei ihr. Ich klingelte und die Maus öffnete. „Sorry, ist spät geworden", entschuldigte ich mich. „Macht nichts, komm rein", empfing sie mich mit einem feuchten Kuss. Sie war sehr sexy angezogen. „Hast Du Hunger?" „Nein, wir hatten gutes Catering, ich bin satt", erklärte ich. „Dann komm."

Sie nahm meine Hand und führte mich ohne Umwege ins Schlafzimmer, wo sie für mich strippte. Geil! Es törnte mich irre an, wie sie sich zur Musik bewegte und immer freizügiger wurde. Ich holte meinen Schwanz aus der Hose und begann, ihn für das Torfstechen vorzubereiten. Stefanie wollte unbedingt von hinten genommen werden, also tat ich das. Diesmal härter und kräftiger als das erste Mal.

Ich stieß tief hinein und erhöhte die Nagelfrequenz, bis ich mich nicht mehr zurückhalten konnte und meine Ladung abspritzte. Ein Kondom hatten wir diesmal nicht benutzt, in der Erregung vergessen, aber Stefanie nahm ja die Pille. Kein Problem also. Der Samen lief aus ihrer Pussy heraus und tropfte aufs Bett. Ich wollte mich ausruhen, da setzte sie sich auf mich und drückte mir ihre Fotze ins Gesicht.

Das war eine klare Aufforderung. Ich begann, sie und ihre große Klitoris zu lecken und bescherte ihr 3 geile Orgasmen. Ihr Körper zitterte wie der eines Aals, sie schwitzte wie ein Wasserfall. Ich war zufrieden, aber noch nicht ganz. Eines fehlte noch, der krönende Abschluss: That´s Blowjob-Time! „Bläst Du mir noch einen?", fragte ich sie. „Na klar."

Ich lag da und beobachtete, wie sie gekonnt mit ihren Händen und Lippen meinen Penis liebkoste. Es war der Wahnsinn! Ich kam mit lautem Schrei in ihren Mund. Sie schluckte alles. „Voll geil!", hechelte ich. „Was für ein Orgasmus!" Sie nahm mich in den Arm und wir kuschelten.

Ich schlief ein. Irgendwann klingelte mein Handy. „Ja, hallo?" „Hey, wo bist Du, wir warten auf Dich", ertönte es am anderen Ende. Es war Kollege Paule. „Holy shit, verschlafen", murmelte ich. „Und wie lange brauchst Du?" „Bin gleich da", hechelte ich, „spätestens in einer halben Stunde." Mist, so etwas war mir noch nie passiert. Eigentlich wollte ich nicht bei Stefanie übernachten, aber nach dem Sex war ich müde und kraftlos gewesen, da bin ich wohl eingeschlafen. „Was ist los?", fragte Stefanie schlaftrunken. „Ich muss zur Arbeit, die warten schon."

Ich zog mich hastig an und verabschiedete mich von ihr: „Sorry, ich würde lieber mit Dir ausschlafen, aber es geht leider nicht. Es war superschön mit Dir, vielleicht sehen wir uns mal wieder. Ciao." Ich entschuldigte mich bei meinem Team fürs Zuspätkommen, was aber nicht weiter schlimm war. Wir erledigten unsere Arbeit und fuhren am späten Nachmittag nach München zurück.

Manu, die Künstlerin

Ich war in der S-Bahn. Eine kleine, niedliche Blondine stieg ein und setzte sich gegenüber. Ich schätzte sie auf genau 18. Sie war hübsch, aber irgendwie langweilig angezogen. Ich musterte sie. Plötzlich schaute sie mich an und fragte: „Is´ was?"

„Äh, nein", antwortete ich, „alles gut." Ich kam mir ertappt vor, holte ein Buch hervor und begann zu lesen. Dann merkte ich, wie sie mich beobachtete. Immer wieder sah ich den Blick. Schließlich nahm ich das Buch beiseite und fragte sie: „Is´ was?" „Nö, alles gut", konterte sie. Wir schauten uns weiter an und begannen zu lachen.

Ich stellte mich vor und reichte ihr die Hand. Ihre Finger fühlten sich merkwürdig an: Fest und rau. Sie erzählte mir, dass sie eine Ausbildung zur künstlerisch-kreativen Altenpflegerin macht und viel malt. Ein paar Stationen später musste ich aussteigen. Ich fragte sie, ob sie Lust hätte, mit mir mal etwas trinken zu gehen, sie sagte „Ja, warum nicht". Sie gab mir ihre Nummer und ich verabschiedete mich mit den Worten „Tschüss, bis bald".

Tage vergingen, bevor ich wieder an Manu dachte. Obwohl sie rein optisch nicht meine Traumfrau war, hatte sie etwas Süßes an sich. Das Schüchterne, Zurückhaltende ging mir nicht aus dem Kopf. Ich musste sie wiedersehen. Also klingelte ich Manu an: „Weißt Du noch, wer ich bin? Der fesche Kerl aus der Bahn." „Klar. Ich freue mich, dass Du anrufst." Ich fragte sie, ob sie für den Abend schon Pläne hat.

Als sie „Noch nicht" sagte, schlug ich ihr vor, zusammen etwas trinken zu gehen. Spontan sagte sie „Ja, gerne", was mein Herz schneller klopfen ließ. Sie kam, wie ich sie in Erinnerung hatte: Hübsch, aber seltsam gekleidet. „Na, wie geht´s Dir?", fragte ich sie.

„Gut, ich habe heute ein Bild fertiggestellt, an dem ich Wochen lang beschäftigt war. Ist geil geworden." „Cool, was denn für ein Bild? Beschreibe es mir." Sie überlegte. „Hm, weiß nicht, wie ich es beschreiben soll. Kunst kann man nicht beschreiben, Kunst muss man sehen.

Jeder interpretiert Bilder anders. Wenn Du möchtest, zeige ich es Dir später." Ich war überrascht. Mit einer direkten Einladung zu ihr nach Hause hatte ich nicht gerechnet. „Gerne."

Wir bestellten Cola und unterhielten uns über die Welt. Sie war 18, erzählte sie mir. Gut geschätzt, Tiger. Dann meinte sie: „Du, in der Bahn hatte ich das Gefühl, Du starrst mich die ganze Zeit an. Was war los?" „Ich fand Dich süß, Du hast mir gefallen." „Gefalle ich Dir immer noch?" Ja, ganz schön frech, dieses Mädchen. „Ich finde Dich nach wie vor sehr süß." „Danke", lächelte sie und lief rot an.

Manu erzählte mir von ihrem Ex-Freund, mit dem sie 2 Jahre zusammen war, der sich aber dann von ihr trennte und als Roadie mit Band auf Tour ging. Sie habe ihn geliebt, meinte sie traurig. Das sei jetzt ein halbes Jahr her, seitdem habe sie keinen Mann mehr gehabt, naja, zumindest nichts Festes.

Nach 2 Stunden Bargeflüster machten wir uns auf den Weg zu ihr. Manu wohnte in einer ausgeflippten 2-Zimmer-Wohnung. Viele selbstgemalte Bilder hingen an der Wand, ich kam mir vor wie in einem kleinen Atelier. Sie schien ein bisschen chaotisch zu sein, so, wie sie lebte. Ordnung gab es bei ihr nicht. Trotzdem fühlte ich mich wohl. Sie zeigte mir das Bild, von dem sie mir erzählt hatte. Es war groß, 1x1 m, und bunt. Ich konnte nichts erkennen, außer ein Wirrwarr an Farben.

Dass das ein Schmetterling sein sollte, der durch den 3-dimensionalen Raum der Zukunft fliegt, hätte ich eigentlich auf den ersten Blick sehen müssen. Darauf wäre ich nie gekommen! Aber gut, das ist halt moderne Kunst. Während Manu uns 2 Apfelschorlen mischte, fragte ich sie, ob ich auch mal etwas malen darf. „Klar", sagte sie und holte eine neue Leinwand hervor. Sie gab mir Pinsel und Farben, doch ich stellte mich extrem ungeschickt an.

„Einen Pinsel hält man so", sagte sie und steckte mir den Pinsel richtig zwischen die Finger. „Jetzt nimmst Du Farbe und beginnst zu malen." Leichter gesagt als getan. Ich wusste nicht, was ich malen sollte, und wie. „Komm, wir malen zusammen eine Blume. Auf geht´s!" Langsam und sicher führte sie meine Hand mit dem Pinsel und es entstand eine schöne Blume auf der Leinwand.

„Ich wusste nicht, dass ich so gut malen kann", scherzte ich. „Jetzt einen Vogel." Wieder half sie mir, und gerne ließ ich mich führen. „So, jetzt male ich Dich", grinste ich. „Nein, das tust Du nicht!"

„Doch, und wie!", konterte ich und begann eigenständig zu malen. „So, und so, und so, hier die Brüste …" „Moment mal, so kleine Brüste habe ich nicht", reklamierte sie. „Das weiß ich doch nicht, Du trägst so komische Sachen, da ist das schwer zu erkennen", meckerte ich. „Wenn Du ein schönes, sexy Top anziehst statt diesem Pulli, kann ich Dir genau sagen, wie groß sie sind und sie auch richtig malen."

„Gut", sagte Manu und verschwand im Schlafzimmer. Geil, dachte ich, die macht das wirklich, jetzt wird´s spannend. Manu kam im sexy, engen, gelben Top zurück, ich konnte ihre Brüste nun deutlich erkennen, die Form, auch ihre Brustwarzen, die langsam steif wurden. Etwas anderes wurde auch steif.

„75B, richtig?", schoss es aus mir heraus. „Woher weißt Du das?" „Das sieht der Experte", lachte ich. Ich malte ihr größere Brüste und signierte mit meinen Initialen. „So, jetzt möchte ich sehen, ob ich die Brüste auch richtig getroffen habe." Sie schaute mich mit großen Augen an. „Du gehst aber ran." „Du gefällst mir halt, und ich würde gerne …" „Wenn Du möchtest, darfst Du nachschauen." „Wirklich?" „Ja."

Langsam glitten meine Hände unter ihr Top. Manu hatte ihre Augen geschlossen und atmete tief. Ihre Brüste fühlten sich toll an, schön rund, nicht so groß, aber nett. Ihre Brustwarzen waren hart wie Stein. Ich kniete vor ihr und begann ihren Bauch zu küssen. Sie hatte da zwar ein paar kleine Speckröllchen, aber sonst war es ein schöner Bauch. Ich zog ihr das Top aus und saugte an ihren Brustwarzen, was sie in Ekstase versetzte.

Manu ergriff meine Hand und führte mich in ihr Schlafbett, wo wir weiterkuschelten. Sie war sehr passiv und überließ alles mir. Ich zog sie aus. Sie hatte eine Menge Schamhaare, was mich aber nicht störte. Ich begann sie zu lecken, doch sie schmeckte nicht. Ich wartete darauf, auch mal von ihr angefasst zu werden, einen geblasen zu bekommen, aber sie lag nur da und genoss. Ich fragte sie nach einem Kondom, sie hatte welche in einer Lade neben dem Bett.

Ich zog mir ein schwarz genopptes Gummi über und führte meinen Penis in sie ein. Sie war eng, sehr eng. Geil! Da waren noch nicht viele Männer drin gewesen. Wir hatten langsamen, zärtlichen Sex, nichts Animalisches. Nach ein paar Minuten stöhnte sie auf, kurz darauf kam ich.

Der Sex mit Manu war nicht schlecht, aber anders, als ich erwartet hatte. Zu zärtlich, zu sanft. Etwas heftiger wäre mir lieber gewesen. Egal. Ich nahm eine Dusche und wollte gehen, doch Manu bat mich, sie flehte mich fast an, zu bleiben. Na gut. Ich blieb die Nacht bei Manu, die sich voll an mich ran kuschelte und mich gar nicht mehr loslassen wollte.

Am nächsten Morgen hatten wir noch einmal Sex, dann verließ ich sie und war froh darüber. Ich sagte ihr, ich würde mich bei ihr melden, was ich ein paar Tage später auch tat und ihr erklärte, dass es was Einmaliges, ein One Night Stand, war, mehr nicht. Manu begann zu weinen und gestand mir, dass sie sich in mich verliebt hatte. Das hatte ich befürchtet.

Ich zog ihr den Zahn und gab ihr zu verstehen, dass sie sich keine Hoffnung machen soll und wir uns nicht wiedersehen werden. Als sie nicht locker ließ, sagte ich ihr, dass ich eine andere Frau kennengelernt habe. Thema erledigt.

Kerstin, die Verführung

Diese 18-Jährige war die süßeste Verführung, seit es Schokolade gibt. In Minirock und bauchfreiem T-Shirt stellte sie sich offiziell bei mir für ein Praktikum vor. Dabei flirtete sie nicht schlecht mit mir, um den Job zu bekommen. Den bekam sie auch, in der Hoffnung, dass ich als Gegenleistung auch diverse Jobs von ihr bekomme. Die ersten 2 Wochen verliefen ganz normal.

Kerstin war dabei, eine Medienausbildung zu absolvieren und war sehr interessiert an allem. Sie war etwa 1,67 m groß und hatte einen perfekten Body. Eine Christina Aguilera in jung.

Eines Morgens erschien sie mit tiefblauem Auge auf Arbeit. Und sie humpelte. Ich fragte sie, was los sei, doch sie wimmelte ab. Ich gab ihr zu verstehen, dass sie jederzeit mit mir vertraulich sprechen könne, doch sie lehnte erneut ab und meinte nur, alles sie gut. Ich ahnte nichts Gutes.

Tatsächlich klopfte es spät am Nachmittag an meiner Officetür und Kerstin stand vor mir. Sie blickte mich traurig und an fragte, ob ich kurz Zeit für sie hätte. „Natürlich", antwortete ich und bat sie zu mir herein. Dann platzte es aus ihr heraus: Ihr Freund habe sie Samstagabend geschlagen. Als Grund gab sie Eifersucht ihres Typen an.

„Begründet oder unbegründet?", fragte ich nach. „Naja, ich habe mit einem anderen Kerl geschlafen, aber das ist doch kein Grund, mich gleich zusammenzuschlagen, oder?"

Als Fremdgeher empfand ich das genauso. Kerstin begann zu weinen und ich nahm sie brüderlich in den Arm. Dabei spürte ich ihren Traumkörper eng und straff. Sie presste sich in mich hinein und schluchzte mein Sakko voll. In diesem Moment kam Andrea, meine geliebte Frau, hereingestolpert. Ohne Vorwarnung, ohne Vorankündigung.

Sie sah mich Arm in Arm mit der süßen, jungen Kerstin im Minirock und ließ vor Schreck ihre Tasche fallen. Wütend im Glauben, ich würde gerade mit meiner jungen Praktikantin Zärtlichkeiten austauschen, schnaubte sie davon. Ich ihr sofort hinterher.

„Bleib stehen", rief ihr ihr zu, „ich kann Dir das erklären, Du wirst schockiert sein, was passiert ist." „Ja, das glaube ich Dir, Du", rotzte sie aggressiv zurück. Ich nahm sie etwas heftig am Arm, schleifte sie die paar Meter ins Büro zurück und schloss die Tür hinter uns. Zum Glück hatte das Theater keiner sonst mitbekommen.

„Das ist Kerstin, meine Praktikantin, und das ist Andrea, meine Frau", stellte ich die beiden Ladies sich gegenseitig vor. Andrea war schockiert, als sich Kerstin schamhaft zu ihr umdrehte und ihr somit das blaue Auge und die Schrammen am Kinn und an der Stirn offenbarte. „Um Himmels Willen, was ist Dir denn passiert?", platzte es aus ihr heraus.

„Mein Freund hat mich brutal einfach so zusammengeschlagen", heulte das kleine Ding weiter. Ich ergänzte: „Und sie hat sich mir gerade eben anvertraut. Dagegen muss sofort etwas unternommen werden. Ich muss sie beschützen." Andrea hatte verstanden: Sie nahm die Maus in ihre Arme und tröstete sie. Gemeinsam entschlossen wir uns, dies der Polizei zu melden und Anzeige zu erstatten.

Zuhause entschuldigte sich Andrea dann vollstens bei mir für ihr Misstrauen und schenkte mir als Wiedergutmachung einen tollen Ritt. „Es sah echt so aus, als würdest Du sie gerade küssen", erklärte sie mir später, „aber als ich dann ihr blaues Gesicht sah, war mir klar, dass ich Dir Unrecht getan hatte. Entschuldige bitte nochmal dafür. Du biste der beste Mann, den es gibt." Kuss. Kuss.

Kerstin trennte sich natürlich von ihrem gewalttätigen Bumser. Ihre Blessuren heilten schnell, keinerlei Narben blieben zurück. Schön. Unser Verhältnis wurde von Tag zu Tag inniger, sie vertraute mir mittlerweile voll und ganz und war mir für ewig dankbar für die Hilfe, die ich ihr schenkte. Zudem lieferte sie als Praktikantin echt gute Leistungen ab.

Der nächste Businesstrip stand an. Zürich. 3 Tage TV-Kongress, bei dem ich präsent sein musste und selbst 2 Vorträge hielt. Als Begleitung nahm ich ganz bewusst Kerstin mit, die sich darüber mächtig freute. Ich buchte das schöne Hotel „Züricher See", 2 Einzelzimmer nebeneinander. An einem Donnerstagnachmittag stand die mehrstündige Autofahrt an.

In meinem BMW inkl. sämtlicher Sonderausstattung düsten wir los. Die Zeit verging im Flug, da wir fantastischen Smalltalk führten. Kerstin wollte mehr über mich wissen, fragte mich über Andrea und meine Beziehung aus und wollte wissen, ob ich treu sei. „Naja", räusperte ich mich, „ich handhabe das so ähnlich wie Du." Sie kapierte und grinste.

Kerstin erzählte mir offen über ihr Liebesleben, dass sie vor dem Schläger bereits 2 feste Beziehungen hatte, aber einfach nie ganz treu sein konnte. „Das ist nichts für mich, die Monogamie, ich brauche Abwechslung", sinnierte sie vor sich hin. Auch lesbische Girls-Erfahrungen hatte sie schon gemacht, sogar schon Dreier mit 2 Männern erlebt. Geil! Mit 18 hat die echt schon einiges auf dem Kerbholz.

Endlich angekommen! Punkt 19 Uhr war es, als wir das Hotel betraten. Schön war es. Unsere Zimmer standen dem in nichts nach. Am Empfang wurde uns erklärt, dass die Sauna und der Wellnessbereich noch bis 20 Uhr geöffnet seien, sollten wir Lust darauf haben. Wir schauten uns an und waren uns sofort einig: Ja, haben wir!

Hastig stellten wir unsere Koffer in unseren Zimmern ab und zogen uns entsprechend um. Bademantel und -latschen, beides vom Hotel gestellt, sonst nichts. 5 Minuten später standen wir im Aufzug auf dem Weg nach unten. Mir war klar, dass dies etwas Besonderes werden könnte. Kerstin war ein sehr attraktives und offenes Mädel. Seit dem Vorfall flirtete sie immer wieder mit mir. Ich wusste, sie mag mich.

Das Hotel hatte 2 Saunen, eine Citrus und eine Pfefferminze. Die Citrus war belegt, mindestens 3 schwitzende Körper konnte ich erkennen, die Minze war leer. Also dort hinein. Ich machte den Anfang, entledigte mich meines Mantels, nahm mir ein Handtuch vom Stapel und setzte mich auf die obere Empore. Und Kerstin? Wo war sie? Hatte sie Schiss bekommen und war sie abgehauen?

Oder hatte sie sich für die andere Saunakabine entschieden? Hm. Über 2 Minuten wartete ich, und immer noch kein Zeichen von ihr. Dann endlich öffnete sich die Tür und eine tropfende Kerstin kam herein. Pudelnackt. „Ich war noch unter der Dusche, das soll man ja vor dem Saunieren."

Lächelte sie süß und legte sich eine Empore unter mir hin. Was ich sah, war ein absoluter Traumkörper! Kerstin lag da, hatte die Augen geschlossen und die Lippen sinnlich bewusst ein wenig geöffnet.

Ich betrachtete sie von oben bis unten: Ihre langen blonden Haare waren zusammengebunden, ihre Brüste waren jugendlich wunderschön, 2 Piercings verzierten ihre Brustwarzen, ihr Bauch war trainiert und faltenfrei, ihre Muschi kahl rasiert, aber gepierct, ihre Schenkel zart und sexy. Ihre Fußnägel grün lackiert. Uff. Ich bekam sofort einen Ständer. Da aber kein Besuch hereinschneite, genehmigte ich mir diesen.

Nach 5 Minuten drehte sich Kerstin um und legte sich bäuchlings. Nun konnte ich ihre Backside inspizieren. Ihr Rücken war tätowiert, irgendwelche Engel- und Teufelsymbole waren da drauf, sah gut aus. Ihr Po könnte jedes Playboy-Cover zieren. Sie war eine absolute Traumfrau mit diesem Hammerbody! Nach weiteren 5 Minuten stand sie auf und meinte: „So, ich brauche eine kurze Pause."

Sie verließ die Sauna und bog ums Eck, wohl unter die Dusche. Ich folgte ihr und verdeckte mein immer noch erigiertes Glied so gut es ging mit dem Handtuch. Das kalte Duschwasser brachte mich wieder zur Ruhe. Nach 10 Minuten auf der Liege war noch Zeit für eine zweite Saunarunde. „Diesmal in die Citrus", meinte sie fröhlich und wir checkten ein. 2 Männer waren noch drin, und 2 weitere kamen dazu. Kerstin lag wieder mit geschlossenen Augen auf dem Rücken und präsentierte ihre Schönheit allen.

Das zeigte Wirkung: 3 der 4 anwesenden Männer bekamen eine Erektion. Auch ich war mal wieder dabei. Peinlich berührt verließen 2 mit ihrem Knüppel schnell die Sauna, während der dritte pervers Kerstins Körper anstarrte und dann hasserfüllt in meine Richtung blickte, weil er wohl dachte, sie sei mein Mädel. Als auch er und der andere, kaltherzige Mann raus waren, lachte ich laut auf und verriet Kerstin das Geschehene:

„Stell Dir vor, 3 von den 4 Kerlen hatten einen Steifen. Die haben Dich angestarrt und sind dabei voll geil geworden." „Ist nichts Neues für mich", winkte sie ab, „ich weiß, welche Wirkung ich auf Männer habe." So ein Luder!

Als wir die letzten Minuten vor Schließung des Bereiches Seite an Seite im Bademantel relaxten, blickte sie plötzlich rüber zu mir und fragte: „Und Du, hattest Du auch einen Steifen?" Erwischt! Was sollte ich ihr antworten? Am besten die Wahrheit: „Beide Male", gab ich ehrlich zu. Bestätigt lächelte sie in sich hinein und zwinkerte mir zu.

Ehe wir das Gespräch vertiefen konnten, mussten wir den Saal räumen. Umziehen, essen. Kerstin kam so, wie ich sie liebte: Im Minirock mit sexy Top. Ich elegant in Jeans, Hemd und Sakko. Das Essen schmeckte hervorragend. Wir unterhielten uns gut. Der rote Wein war köstlich, die Stimmung wurde heiß zwischen uns.

„Nach Sauna ist eine schöne Massage das Beste", versuchte ich mein Glück. Aber bevor ich „Bekomme ich eine von Dir?" sagen konnte, sagte sie: „Bekomme ich eine von Dir?" Hey! Sie war schneller, aber dachte in dieselbe Richtung. Cool. „Gerne", antworte ich, „aber nur, wenn ich dann auch eine von Dir bekomme." „Geht klar", nickte sie.

Wir gingen in ihr Zimmer und sie verschwand kurz im Bad, während ich mein Sakko, meine Schuhe und die Jeans auszog. Gerade als ich mir mein Hemd aufknöpfte, knöpfte sie die Tür auf und kam splitterfasernackt auf mich zu, griff mich beim Hemd, zog mich zum Bett und ließ sich genüsslich bäuchlings darauf fallen. „Ich gehöre Dir, Champ, jetzt freue ich mich auf eine wunderschöne Massage. Du darfst mich überall massieren, wo auch immer Du willst."

Solch eine geile Einladung konnte ich keinesfalls ausschlagen. Ich entledigte mich des blauen Hemdes, nahm Creme, die seitlich am Bett auf mich wartete, und begann, ihren wunderschönen Rücken zärtlich-intensiv zu massieren. Die Kerstin stöhnte ins Kissen und genoss. Ich beschloss, sie richtig schön zu verwöhnen und ließ mir Zeit. Über 25 Minuten knetete ich ihren Rücken durch, ehe ich tiefer zum Po wanderte und auch diesen massierte.

Lasziv öffnete sie ihre Beine, sodass ich ihr auch zwischen die Schenkel fahren und von hinten ihre feuchten Schamlippen ertasten konnte. Als ich über ihr A-Loch fuhr, atmete sie tief ein uns aus. Also nochmal. Und wieder.

Aber auch ihre wunderschönen Beine wollten eingecremt und massiert werden. Zuerst den linken Schenkel, dann den rechten. Dann beide. „Du, mach mal kurz die Augen zu", hörte ich auf einmal ihre Stimme. „Warum?", fragte ich unsicher nach. „Frag nicht, sondern tue es einfach."

Na gut, dachte ich, und schloss sie. „Jetzt aufmachen", hallte es 20 Sekunden später in meine Ohren. Ich öffnete und entdeckte ein eingepacktes Kondom auf ihrem Rücken. Wortlos wusste ich, was zu tun ist!

30 Sekunden später drang ich auch schon von hinten in sie ein. Kerstin lag flach auf dem Bauch und streckte mir ihren süßen Arsch entgegen. Mein Penis war zum dritten Mal für sie steif an diesem Abend, und legte nun los.

Zärtlich und doch intensiv vögelte ich sie und entlockte ihrem Mund so manchen Schrei und ihrem Körper geil zuckende Windungen. Doch ihre enge Muschi war zu viel für mich: Bevor ich merkte, dass der point of no return am Kommen war, war er auch schon überschritten und ich ejakulierte nach nicht einmal 3 Minuten.

Überrascht drehte sich Kerstin über die Schulter um zu mir, während ich mich seitlich fallen ließ: „Hey, war's das denn schon?" Ich holte Luft: „Ja, sorry, ich bin gerade gekommen. Zu früh, ich weiß, aber der Fick mit Dir war einfach so krass geil. Ich konnte es nicht mehr halten." Eine wahre Ausrede, die Kerstin aber nicht gefiel. „Und ich dachte, wir treiben es jetzt eine halbe Stunde oder länger in allen denkbaren Positionen."

„Keine Sorge, meine Süße, das werden wir heute noch, versprochen", schenkte ich ihr ihr niedliches kindliches Lächeln zurück. „Bis dahin, dreh Dich doch mal um", kommandierte ich sie und legte in der Zeit das Kondom mit Inhalt weg. Sie verstand und öffnete ihre Beine. Ich tauchte ab in das süßeste Paradies, das ich je geschmeckt habe. Nach Lavendel und Rose roch es. Naja, vielleicht lag es auch am aromatisierten Gummi, das wir benutzt hatten. Egal.

Köstlich schlürfte ich ihre pink-roten Schamlippen hoch und runter und konzentrierte mich dann auf ihre fast viereckige Klitoris. Die pulsierte schon wie verrückt, als ich sie zu lecken begann.

Mit viel Druck und meiner speziellen Technik musste sie so nach höchstens 5 Minuten heftig kommen. „Wahnsinn, das war heftiger als ein Womanizer-Orgasmus, und der ist schon krass", seufzte sie. Aha, sie kannte und besaß das Wunderteil also auch!

Ehe sie ausruhen konnte, war ich schon wieder in ihrem Schoss vergraben und schenkte ihr kurz darauf einen zweiten, noch heftigeren Höhepunkt. „Crazy, wie geil Du das machst!", lobte sie mich und küsste mich endlich zum ersten Mal auf den Mund. Sweet. Dann in den Mund. Mit Zunge. Noch sweeter.

Während des Knutschens spürte ich ihre Hand plötzlich an meinem Penis, der längst wieder steif war. „Jetzt aber", küsste sie weiter und hielt mir ein neues Kondom hoch. Ich schnallte es über und wurde von ihr nach unten kommandiert, diesmal wollte sie auf mir reiten. Der Anblick Kerstins auf mir war nicht in Worte zu fassen. Ich hatte das Gefühl, der Teufelsengel sitzt da auf mir drauf. Die Sünde und Schönheit persönlich.

Ihre kindlich aussehende Pussy rutschte auf und ab und verschluckte meinen ganzen Penis immer wieder. Ihre festen Brüste waren ein Traum. Oh nein, oh nein! Kaum begonnen mit dem Ritt, spürte ich schon wieder meinen Orgasmus viel zu früh anfahren. „Verdammt nochmal, was ist los mit mir? Diesmal musst Du länger durchhalten!", sagte ich still zu mir, doch ich hatte keine Chance. Kerstins Ritt war einfach zu geil und ich kam erneut nach gerade mal 3 oder 4 Minuten zum Cumshot.

Kerstin spürte dies natürlich. Sie ritt noch ein wenig aus, dann schaute sie mich vorwurfsvoll an: „Kommst Du immer so schnell?" „Nein", erwiderte ich, „normal nicht. Normal kann ich locker eine halbe Stunde durchhalten. Ich habe meinen Dong gut im Griff." „Und warum bei mir nicht?" „Es muss an Dir liegen, Du bist einfach so verdammt sexy und gut im Bett."

Das zauberte ihr wieder ein Lächeln in ihre hübsche Gesichtspartie. „Sei mir bitte nicht böse, dass ich so schnell gekommen bin, aber ich verspreche Dir, Du wirst heute noch Deinen 30-Minuten-Fick bekommen." „Alles gut", lächelte sie verschmitzt und kroch in meinen Arm. „Ich fühle mich sehr wohl bei Dir", knabberte sie in mein Ohr und küsste mich auf den Mund. „Ich auch mit Dir, Süße", küsste ich sie zurück. Nach einer Kuschelstunde wurde ich wieder munter.

Das merkte auch Kerstin, die schon ihre Hand an meinem Dong hatte und ihn für Runde 3 vorbereitete. „Diesmal mache ich in der Missionarsstellung", kündigte ich ihr an und steckte ihn vorsichtig rein. Kerstin spreizte ihre Beine weit auf und ich begann zu rammeln. Schön langsam, um meinen Höhepunkt bestmöglich hinauszuzögern. Kontrolliert fickte ich sie gut, bis wir in Löffelchen wechselten. Das war auch geil.

Dann wollte sie rückwärts auf mir reiten, auch gut. Nun im Stehen. Puh! Wir beide waren schon ordentlich verschwitzt, aber noch nicht am Ende. Eine seltsame Figur aus dem Kamasutra sollte es sein, die Kerstin sich nun wünschte. Einverstanden. Wir mussten ein wenig gelenkig sein, aber es funktionierte. Kerstin kam zum Orgasmus, was wiederum meinen Samenerguss bedingte. Glücklich und erschöpft sanken wir beide dann zusammen und atmeten tief durch.

„Das war echt geil", war das erste, was sie sagte, „das war richtig geiler Sex. Danke dafür." Ich freute mich wie Joe und nahm sie fest in meinen Arm. So schliefen wir ein. In der Hektik hatten wir vergessen, den Wecker zu stellen, so mussten wir am nächsten Vormittag echt schnell machen, um nicht zu spät zum wichtigen Kongress zu kommen. Das Frühstück musste leider ausfallen. Schade.

Der Tag war lang und anstrengend. Mein Fachvortrag über die „Erschaffung und Umsetzung spannender TV-Formate" lief äußerst erfolgreich. Einige Kolleginnen flirteten heftig mit mir und wollten mich für ihr Bett gewinnen. Vor allem die attraktive Susanne, eine bekannte Jungproduzentin Anfang 30, die sich schon am späten Vormittag direkt nach meinem Talk an mich ranschmiss.

Sie war hübsch und intelligent, trug Businessstil mit langen, braunen Haaren. Die musste ich haben! Aber nicht hier und nicht jetzt, das konnte ich der süßen Kerstin nicht antun.

Susanne war mir auf jeden Fall eine Sünde wert. Im Gespräch am Mittagstisch einigten wir uns auf eine Kooperation. Ich würde in ihre Firma nach Stuttgart kommen und dort mit ihr und ihrem Team gemeinsam etwas Spannendes auf die Beine stellen. Und mehr. Zurück zu Kerstin. Nach erledigter Arbeit und vielen Gesprächen zogen wir uns um 18:30 Uhr zurück

Keine Galaparty, stattdessen wieder Sauna. In der Wärmekabine sorgte der Engel wieder für 2 Steife, die übereilig und peinlich ergriffen die Sauna verließen, zumal deren Frauen neben ihnen saßen. Danach aßen wir edel beim Edel-Italiener und starteten unseren Sex-Abend.

„Du, bekomme ich heute die versprochene Massage von Dir?", flötete ich sie interessiert an. „Klar, leg Dich hin und relaxe", konterte sie aufgeregt und packte ein Fläschchen Baby-Öl dazu. Ich legte mich auf Bauch, schloss meine Augen und wartete. Ganz zärtlich startete Kerstin mit ihrer erotischen Massage. Es war himmlisch. Ihre sanften Hände streichelten meinen Rücken, meinen Nacken, meine Schultern und meine Arme entlang.

Dann endlich den Po. War das aufregend! Zärtlich flutschte sie zwischen meine Beine und unter mein Becken. Und schon hatte sie den längst steifen Steve in ihren Händen. Geil, wie sie auch meine Hoden massierte dabei. Irgendwann musste ich mich umdrehen, denn sonst hätte ich das Bett bekleckert. Da stand er nun, hoch wie der Eifelturm, gerader als der Schiefe Turm von Pisa, und wartete auf weitere Berührungen.

Kerstin griff nach einem Haarband, knotete fix ihre langen, sauberen Haare zusammen und senkte ihr Mündchen. Was folgte, war ein sensationeller Blowjob! Ich hörte das Halleluja in meinen Ohren pfeifen. Mit ihrem Zungen-Piercing spielte sie an meiner Eichel und verwöhnte mit ihren Lippen meinen Penisschaft.

„Warte", hechelte ich aufgeregt, „das ist so geil, wie Du das machst, darf ich das Finish aufnehmen?", fragte ich übermütig. „Gut, mach ruhig", grinste sie, „aber nur, wenn wir danach auch unseren Fick aufnehmen." „Deal", keuchte ich und schnappte mir mein iPhone. Schnell musste ich sein, da mein Orgasmus bald am Kommen war.

30 Sekunden später spritzte ich meinen Samen in ihren Mund hinein. Die erste Ladung schluckte sie, dann wichste sie mit der Hand weiter und verteilte die Ladungen 2 bis 4 in ihrem Gesicht. Ladungen 5 bis 7 auf meinem Bauch. Nach Ladung 8 war Schluss. Sie setzte mit ihrem Mund wieder an, züngelte an meiner Spitze herum und lutschte mein Glied sauber. Wahnsinn!

Alles recorded! Juhu! Während Kerstin sich in meinen Arm kuschelte, schauten wir uns den Cumshot gemeinsam an – eine der allerbesten Aufnahmen, die ich je angefertigt hatte! Danke, Kerstin.

Während ich mich erholte, leckte ich die süße, cleane Muschi zu 3 Orgasmen. Danach wurde gefickt: Ich sie von vorne, oben, hinten, unten, seitlich. Sie mich von vorne, oben, hinten, unten, seitlich. Mein Höhepunkt kündigte sich an, als sie auf mir ritt. Schnell hob sie ihr Becken, riss mir das Kondom weg und wichste mich für die Aufnahme schön sichtbar zu Ende. Hoch spritzte ich wieder heraus und sie lächelte teuflisch-geil dabei.

Erschöpft aber glücklich schliefen wir ein. Der nächste Tag startete mit einem Guten-Morgen-Blowjob zum Wachwerden. Nach herzhaftem Frühstück hielt ich in der Kongresshalle meinen zweiten Vortrag und hatte den ganzen Tag über wieder mit diversen mich anflirtenden Frauen, vor allem wieder Susanne, zu kämpfen.

Kerstin bekam das natürlich mit und grinste, schließlich wusste sie, würde sie am Abend wieder diejenige sein, die mich besaß. Das tat sie dann auch. Sie blies mir einen, ich leckte sie und dann fickten wir zweimal hintereinander, da ich das erste Mal schon nach 2 Minuten in ihr kommen musste.

Nach enger Nacht ein letzter Früh-Fick, dann ging es nach Brot und Käse zurück nach München. Kerstin blieb noch 3 Monate bei uns, dann verließ sie uns nach Frankfurt. In diesen 3 Monaten hatten wir noch ein paar Mal Sex, meist abends bei mir im abgeschlossenen Office oder in einem Stundenhotel. Es war immer geil mit ihr!

Anastasia & Kylie, die Casting-Engel

18 Jahr, blondes Haar – das war Anastasia. Wir casteten für eine neue TV-Show ein paar richtig hübsche, junge Models, die nicht sprechen, sondern nur gut aussehen sollten. Hübsches Beiwerk sozusagen. Ich ließ es mir als Playboy, der ich durch und durch bin, natürlich nicht nehmen, persönlich dieses Casting zu leiten.

Über 100 attraktive junge Frauen saßen in der Halle und warteten auf ihre Kurzauftritte. Der Tag verging wie im Paradies: Eine sexy Lady nach der anderen bezirzte uns mit schönen Posen und strahlenden Augen. Am liebsten hätte ich sie alle genommen, doch gesucht wurden nur 5. Meine Wahl fiel schließlich, nach Absprache mit meinem Team, auf Lisa, Heidi, Tamina, Kylie und Anastasia.

Diese 5 beorderte ich nacheinander in mein Office, wo ich ihnen den Deal, ihre Aufgaben und Gage verriet. Ich verhielt mich offen und charmant, aber nicht sexuell drückend. Lisa war die erste. Sie war 21 Jahre jung und groß, knappe 1,85 m, dafür äußerst schlank. Die Münchnerin bedankte sich artig und wir unterhielten uns gut. Heidi sah aus wie das hübsche Mädel von nebenan, doch mein Typ war sie irgendwie nicht, sie passte aber gut ins Bild. Ihre Haare waren mir zu kurz, ihr Gesicht zu asymmetrisch, ihr Körper offenbarte eine schöne Figur.

Heidi flirtete gut mit mir und machte mir im Gespräch mehrfach schöne Augen, doch Interesse hatte ich an ihr nicht, also verhielt ich mich seriös und schickte sie dann wieder raus. Tamina war eine dunkelhäutige Schönheit. Wer auf diesen Typ Frau steht, für den wäre Tamina die perfekte Wichsvorlage. Ich bevorzuge nicht so sehr Frauen aus diesen Kulturkreisen, also kam sie für mich auch nicht infrage.

Ihre lockigen, langen Haare reichten fast bis zu ihrem kanckigen Po hinunter, ihre langen, dünnen, schwarzen Finger konnte ich mir nicht so recht um meinen sauberen Dong vorstellen. Also raus und Kylie rein. Die war mein Ding: 1,70 m, 52 kg schlank, wunderschönes Gesicht, 18 Jahre jung und einfach eine supersexy Erscheinung. Ihre hellbraunen Haare trug sie die halbe Wirbelsäule hinab, offen und frisch gewaschen.

Viel Make-up brauchte die Kylie nicht, sie strahlte einfach so. Ihr Mund war so süß, den hätte ich gerne mit Mon Chéri oder Duplo gefüttert. Am allerliebsten mit meinem Schwanz. Leider sprach Kylie auf meine diskreten Annäherungsversuche nicht an, entweder sie schien es nicht zu bemerken oder sie ignorierte diese bewusst.

Ein Risiko eingehen wollte ich nicht, also fuhr ich einen Gang zurück und beließ es bei der Arbeit. Ich hatte schon fast aufgegeben für den Tag, dann kam Anastasia. Sie fiel mir um den Hals und drückte mir ein Bussi auf die Backe: „Danke, dass Du mich genommen hast, vielen Dank", säuselte sie. Ich horchte auf. Sie schien sehr offen zu sein und ging mächtig ran.

Strahlend machte mir die noch 18- und fast 19-Jährige schöne Augen und Beine und erzählte mir, dass dies nach dem Playboy ihr nächster großer Auftritt sei. Ich fragte nach: „Playboy? Wie meinst Du das?" „Na, das Magazin", antwortete sie, „in der nächsten Ausgabe bin ich drin." Als sie ihr iPhone zückte und mir ein halbnacktes Bild von sich präsentierte, glaubte ich ihr.

„Barbados", strahlte sie. Das war nicht der Name ihres Freundes, sondern des Ortes, auf dem das Foto entstand. Sie war oben ohne darauf zu sehen. Sie musste mein Interesse bemerkt haben, also scrollte sie weiter und präsentierte ein weiteres Foto, wieder oben ohne. Wunderschön. Das Foto. Wunderschön auch sie. Ich bekam langsam aber sicher einen Steifen in der Hose, was Anastasia aber nicht sehen konnte. „Hast Du nur oben ohne geshootet oder auch ganz nackt?", fragte ich forsch.

„Natürlich auch ganz nackt", war ihre forsche Antwort. Blickkontakt. 5 Sekunden. 10 Sekunden. 15 Sekunden. Schließlich platzte es aus mir heraus: „Und, darf ich diese Bilder auch sehen? Hast Du welche dabei?" „Klar", lächelte sie verdorben und wartete wieder bewusst ab. Sie spielte mit mir. „Zeigst Du sie mir heute Abend nach einem schönen Essen beim Italiener?"

Yes, der Womanizer hat einfach die besten Tricks auf Lager. Genial, diesen Flirt so auf die nächste Stufe zu bringen. Ihre Antwort konnte nur JA lauten. Hoffte ich. Und Gott sei Dank nickte sie brav und gab mir ihr Ja-Wort. Wir verabredeten uns bei Don Camillo.

Ein leckerer Italiener im Herzen Münchens, den ich gut kenne. Dort bin ich hin und wieder für Geschäftsmeeting oder Meetings wie diesem mit Anastasia.

Die Anastasia wartete schon am Eingang, sie war ganz in Rot gekleidet. Einfach umwerfend sah sie aus. Im Restaurant begutachtete ich sie genauer: Ihre Haare waren dunkelblond mit rötliche Strähnen, etwa 40 cm lang, ihre Figur glich der eines Top-Models, ihre Lippen waren voll und sinnlich, Zähne schön und gesund, Hände zart und niedlich, Beine haar- und cellulitefrei.

Anastasia war russischer Herkunft, sprach aber perfekt Deutsch, weil sie in Nürnberg geboren wurde. Wir unterhielten uns gierig und angeregt. Als ich den richtigen Moment erspürte, fragte ich sie nach dem versprochenen Foto, doch genau in diesem Moment kamen die Vorspeisen dazwischen. Scheiß Kellner. Wir aßen die Suppen, sie waren gut. Ebenso die Pizzen und das Eis zum Nachtisch. Glücklich seufzte und schnalzte Anastasia, glücklich seufzte und schnalzte ich.

„So, jetzt aber, jetzt gibt es keine Ausreden mehr, lass schon sehen", forderte ich sie final auf, sich mir nackt zu zeigen. „Gut", hauchte sie mir zu und rückte mit dem Stuhl näher an den meinen heran. Sie startete die Foto-Show mit denselben 2 Fotos, die ich schon kannte.

Diesmal hatte ich Zeit und betrachtete die Fotos genau. Netterweise gab sie mir ihr Handy in die Hand und ich zoomte richtig schön heran, um alles Gezeigte bestmöglich erkennen zu können.

Was folgte, war Foto Nummer 3. Alles ohne. Anastasia lag auf dem Sand und wurde von oben geknipst. Ein wunderschön definierter Körper war zu sehen, makellos. Eine blank rasierte Muschi machte das Barbados-Paradies perfekt. Dazu ein überaus leidenschaftlicher Blick in die Kamera. Geil!

Ich hatte wieder einen Ständer, den Anastasia diesmal sah. „Hey, was sehe ich da?", stupste sie mich neckisch an und deutete auf meine Hose. Die Delle war nicht zu übersehen. Ich grinste nur und widmete mich wieder dem Foto. Ich scrollte weiter. Noch eines ganz nackt. Hüllenlos, wie Gott sie geschaffen hatte.

Diesmal saß sie auf einem Hocker und zog alle Blicke auf sich. Dieses Girl war ein Sex-Luder. Sie musste es faustdick hinter den Ohren haben, mit so einer Ausstrahlung, so einem Blick und solch einem exquisiten Körper.

Ich ging in die Offensive: „Wunderschöne Fotos, aber was ist da alles bearbeitet an Dir?", fragte ich sie mit fragender, ernster Miene. „Nichts, wie meinst Du das?", schaute sie mich mit großen Augen an. „Schau mal, Deine Brüste sind einfach zu perfekt auf diesen Bildern. Hier, sie stehen wie eine Eins. Beide Brüste absolut gleich geformt. Das ist zu perfekt, um wahr zu sein.

Und hier, Deine Beine und die Hüfte, keine Falte, keine Hautunreinheit, bildschön einfach. Und Dein Po: Der ist einfach perfekt geformt. Zu perfekt. Gib zu, was hat der Playboy an den Fotos bearbeitet?"

Die Anastasia wurde etwas wütend: „Nichts", giftete sie mich an, „alle Fotos sind echt! Da wurde nichts geschönt, das habe ich nicht nötig. Ich bin so schön, von Natur aus." „Natürlich bist Du schön, du bist eine bildhübsche Frau, aber so perfekt wie auf den Fotos? Das kann ja kaum sein. Ich weiß doch aus der Branche, wie da getrickst und gewerkelt wird, wie die Problemzonen bearbeitet werden."

„Ich habe aber keine Problemzone!", kreischte sie mich beleidigt an. „Ich bin echt. Wenn Du mir nicht glaubst, Dein Pech." „Nein, wenn ich Dir nicht glaube, ist es nämlich DEIN Pech, meine Liebe, denn dann fühle ich mich echt veräppelt und vielleicht streiche ich Dich dann von der Besetzungsliste. Weil: Verarschen lasse ich mich nicht." Das saß.

Die Kleine schluckte und war den Tränen nah. Sie wurde ganz still und schaute auf den Fußboden. Dann blickte sie mich an: „Ich beweise es Dir, das ich genauso schön bin wie auf den Bildern. Du kannst Dich persönlich davon überzeugen. Und wenn ich Dich überzeugt habe, behalte ich den Auftrag."

„Alright, das ist ein fairer Deal", schlug ich ein und entlockte ihr wieder ihr süßes Lächeln. Aufgeregt zahlte ich und wir fuhren zu ihr. Anastasia wohnte in einer schnuckeligen 2-Zimmer-Wohnung im Münchener Osten. Ich sollte mich aufs Sofa setzen und kurz warten.

Die Hübsche verschwand im Bad und kam 5 Minuten später in einem rosa Bademantel auf mich zu. „So, jetzt kannst Du Dich davon überzeugen, dass ich wirklich so schön bin wie auf den Fotos", lächelte sie, öffnete den Bademantel und ließ ihn zu Boden gleiten.

Da stand sie nun, splitterfasernackt, direkt vor mir, in Greifweite. Ihr Körper, und das muss ich zugeben, war einer der allerschönsten, die ich je gesehen habe: Perfekte Brüste, wunderschöne Proportionen überall. Sie drehte sich wie eine Ballerina und präsentierte sich von allen Seiten und Dimensionen.

Ich starrte mit offenem Mund auf den göttlichen, noch 18-jährigen Körper und bekam nur ein „Einfach perfekt" heraus. Langsam fuhren meine Hände aus, um dieses Kunstwerk zu betasten. Anastasia ließ es zu und ging den entscheidenden Schritt auf mich zu. Meine Hände fühlten Gott. Allein Anastasias Körper zu berühren, schoss mir schon alle Säfte ins Glied. Ich fuhr ihren ganzen Körper in Zeitlupe entlang ab und resümierte dann:

„Also wirklich, Anastasia, Du hast Recht: Du bist in natura genauso schön wie auf den Fotos. Unglaublich, so eine reine Schönheit. Darf ich von Deinem Traumkörper ein paar Fotos machen?" „Wieso? Es gibt doch schon die Playboys-Pics", antwortete sie. „Schon, aber ich hätte gerne noch ein paar exklusive für mich." „Schon gut, Du darfst, mach ruhig", grinste sie mich an und begab sich in Pose. Ich zückte mein iPhone X und drückte ab. Immer wieder.

So viel Schönheit muss einfach für die Nachwelt – korrekter: für mich – festgehalten werden. Klick, klick, klick, klick. Anastasia ließ sich shooten und setzte immer wieder ihr schönstes und verführerischstes Lächeln auf. Extra für mich. Wie geil!

Nach 74 Fotos hielt ich es nicht mehr aus: Ich wollte testen, ob dieser Körper genauso gut Sex kann wie er aussieht. Ich legte mein X zur Seite, kniete mich vor Anastasia, küsste ihren gepiercten Bauch und streichelte ihre geilen Brüste. Anastasia hatte nichts dagegen, ihre Augen waren nun geschlossen und sie genoss meine Zärtlichkeiten. Mein Mund wanderte tiefer, bis ich an ihrem Venushügel angekommen war. Der war aalglatt und frisch poliert.

Gut duftete es da unten nach purer Weiblichkeit, also ging ich einen Step weiter und leckte behutsam ihre bilderbuchschönen äußeren Schamlippen hoch und runter.

Anastasia mochte das sehr, sie atmete tief und laut. Jetzt waren die inneren Schamlippen dran. Sie atmete tiefer und lauter. Jetzt die stecknadelklopfgroße Klitoris. Anastasie atmete am tiefsten und am lautesten. Gut so. Meine Hände kneteten dabei ihren Po und streichelten die Außenseiten ihrer Oberschenkel.

Kniend befriedigte ich sie stehend oral. Ich blickte immer wieder hoch und sah eine wunderschöne Frau. Diese sollte nun wunderschön kommen. Ich ging zu meiner speziellen Orgasmus-Leck-Technik über: Zunge 2 cm tief in die Röhre stecken und mit ordentlichem Druck in alle Richtungen züngeln. Anastasia fiel fast um, als sie kam. Sie zuckte heftig und stöhnte laut ab. Ihr Körper bebte über 30 Sekunden lang, ich züngelte fleißig weiter, bis sie vor mir zusammensank und mich – nun ebenso kniend – auf den Mund küsste.

„Das war wunderschön", knutschte sie mir ins Ohr und umarmte mich sinnlich. Ihr Körper fühlte sich an meinem so sexy an. Nach 1 gefühlten Stunde, in Wirklichkeit war es wohl 1 Minute, meinte sie: „So, jetzt stellst Du Dich hin und schließt Deine Augen. Jetzt verwöhne ich Dich." Das tat sie dann auch, aber von geschlossenen Augen kann hier nicht die Rede sein. Im Gegenteil: Meine Augen waren weit aufgerissen, denn das, was passierte, musste ich unbedingt sehen.

Anastasia streichelte sanft meinen Dong, meide Hoden, meinen Po, meine Brust und machte mich so rattenscharf. Dann endlich nahm sie ihn in den Mund.

Mein Penis hatte es geschafft: Er hatte das Paradies gesehen. Er befand sich darin. Mit unfassbarer Effizienz blies Anastasia mir einen, dass ich mir vorkam wie Adam auf Wolke 7. Ihre Hände leisteten perfekte Arbeit, ebenso ihr Mund. Dieses Luder wusste, was perfekter Sex ist und wie er funktioniert.

Ich musste das aufnehmen, also griff ich – ohne sie zu fragen, denn das hätte den Moment massiv zerstört – seitlich zu meinem iPhone und hielt von oben drauf. Anastasia bemerkte dies sehr wohl, doch zu geil war das Szenario, um es abzubrechen.

Leidenschaftlich und sinnlich fuhr sie ohne Unterbrechung ihren genialen Blowjob fort, bis ich unruhiger wurde. Sie spürte, dass ich kurz vor meinem Höhepunkt war, doch anstatt Vollgas zu geben, verlangsamte sie das Geschehen. Ein unüblicher Vorgang, aber sehr intensiv. Ganze 3 Minuten lang rückte ich so Millimeter für Millimeter näher an den point of no return heran. Als ich diesen endlich erreichte und überschritt, kam ich megaheftig.

Anastasie lutsche in Zeitlupe weiter und erlöste mich einfach vollkommen. Mein ganzes Sperma verschwand in ihrem Mund, kein einziger Tropfen rutschte über ihre Lippen heraus. Auch das Nachspiel beherrschte sie. Viele Frauen beenden ihren Job ja sofort nach dem Samenerguss oder sogar schon währenddessen, was eine Schande ist, aber Anastasia lutschte, leckte und streichelte ganze 5 Minuten weiter, was in mir ein wahnsinnig intensives Wohlgefühl erzeugte. Ich filmte immer weiter, bis sie fertig war.

Der Sex mit Anastasia war Hammer. Grund genug, über Nacht bei ihr zu bleiben. Damals war ich noch vogelfrei, Andrea existierte noch nicht für mich. Eine schöne Zeit. Nach ewig langem Kuscheln startete ich die zweite Sex-Runde. Diesmal wollte ich dieses hübsche Ding ficken. Anastasia ließ es sofort zu. Ohne Gummi steckte ich ihr meinen harten Schwanz in die Fotze und nagelte sie in der Missionarsstellung gut durch.

Dann von hinten. Als er rausrutschte, steckte ihn Anastasia sich wieder rein. Aber in Luke 2. In die anale. Doch ohne Gummi und ohne Flutsch-Mittel wollte er nicht so recht, zu eng war ihr Anus einfach. Also wieder in die weitere Röhre. Doggy Style dampfte ich mir einen ab, bis sie ihre Hüft- und Vaginalmuskeln zusammenkrampfte und sich und damit auch mir den Orgasmus bescherte. Wow, was für ein Fick! So schliefen wir erschöpft ein. Am nächsten Morgen erwartete mich noch ein Blowjob der 18-Jährigen, dann musste ich auf Arbeit.

Ein paar Tage später fand besagte Show-Aufzeichnung statt, zu der meine Top-5-Mädels geladen waren. Anastasia kam bildhübsch und stahl allen die Show, bis auf Kylie. Die ebenfalls 18-jährige, natürliche Schönheit übertrumpfte alle Girls: Sie sah aus wie Cindy Crawford in ihren jungen Jahren.

Sie hatte mir beim Casting ja schon außerordentlich gut gefallen, ich hätte sie auf der Stelle genommen, aber irgendwie hatte sie meine dezenten Anmach- und Flirtversuche ignoriert. Sollte ich es erneut bei ihr versuchen? Ich war mir unsicher, hatte ich doch aktuell Anastasia an der Leine.

Der Dreh lief perfekt und es wurde Abend. Nach und nach verabschiedeten sich alle Teilnehmer und Teilnehmerinnen, auch Anastasia musste gehen, sie hatte ein Treffen mit ihrer besten Freundin. Als ich schließlich alleine war und nach meiner Tasche suchte, hörte ich hinter mir Schritte auf mich zukommen. Ich drehte mich um, und da stand Kylie.

„Hey Du, mein Smartphone muss hier noch irgendwo herumliegen", startete sie die Konversation, „kannst Du mir bitte kurz beim Suchen helfen?" „Klar", lächelte ich nett und lief in Richtung Westen. Sie beschnupperte den Osten. Im Süden trafen wir uns. „Nichts", nickte sie traurig. Vielleicht war es im Norden. „Los, komm, wir müssen dort drüben schauen", nahm ich sie an der Hand.

Kylie folgte mir wie ein Schulmädchen, doch leider war auch hier die Suche vergeblich. Sie war den Tränen nahe, doch dann kam mir die rettende Lösung: „Gib mir mal Deine Handynummer." „Warum?", wollte sie wissen. „Dann rufe ich Dich an, und vielleicht haben wir Glück und hören es, wenn Dein Gerät wirklich hier ist."

Kylie war begeistert von meiner genialen Idee, und wenige Sekunden später hörten wir tatsächlich die AC/DC-Hymne „Highway to Hell" röhren. „Das ist meines!", jubelte Kylie und lief die entscheidenden Schritte ins Eck. Dann kramte sie unter einer Polstergarnitur herum und hob stolz und siegreich ihr geliebtes, silbernes Mobilgerät in die Höhe.

„Danke, tausend Dank für Deine Hilfe", umarmte sie mich dankbar und schaute mir tief in die Augen. „Wie kann ich das wieder gut machen?" Noch bevor ich etwas sagen konnte, küsste sie mich auf den Mund. Noch ein Kuss. Gut waren sie.

Einfach lecker. „Sind wir hier alleine?", hauchte sie in mein Ohr. „Ja, alle sind weg", antwortete ich. „Gut", hauchte sie zurück und kniete sich vor mich. Dann öffnete sie meine Jeans und packte meinen Ding Dong aus der Unterhose.

Schon hängte er nach draußen. Kylie küsste seine Spitze, dann etwas mehr, dann noch etwas mehr. Schließlich war er in ihrem Mund.

Ich stand in unserer Produktionshalle im Halbdunkeln und bekam von Kylie, der brünetten Schönheit, derart einen geblasen, dass mir fast schwindelig wurde. In der Tat, mir wurde schwindelig, so gut blies sie. „Warte", flüsterte ich und setzte mich auf die Polstergarnitur, dann durfte Kylie weiterblasen.

Sie blies ungeheuerlich gut. Mit schnellen Auf-und-Ab-Bewegungen steuerte sie ihren Mund hoch und runter, eng an meinem Schaft entlang. Ihre linke Hand wichste ein wenig mit, ihre rechte Hand kraulte zart meine geschwollenen Eier. Sie sah so süß in ihrem blumigen Kleid aus. Ihre Brustwarzen waren hart und deutlich zu erkennen. Ihre rot lackierten Fingernägel schmückten meine Geschlechtsorgane.

Kylie blies nun schneller und intensiver, ich spürte mein Ende kommen. Genüsslich lehnte ich mich nach hinten und sah zu, wie mein Sperma ohne Vorwarnung in ihren Mund schoss. Kylie zuckte kurz, doch sie blies professionell und gierig weiter, dann präsentierte sie mir den vollen Spermasee in ihrem Mund und vernichtete ihn mit einem Schluck.

Dieser Blowjob war genial, dafür wollte und musste ich mich revanchieren. Ich stand auf, hob die 50-kg-Leichte an den Hüften in die Luft und setzte sie auf die Polstergarnitur. Dann kniete ich mich hin und wollte meinen Kopf unter ihren Rock stecken, doch das wollte sie nicht. „Warum nicht?", fragte ich frustriert nach, nachdem mein bereits dritter Versuch blockiert wurde.

„Das ist schon sehr intim", meinte sie, „nicht beim ersten Mal." Ich überlegte: Blasen beim ersten Mal ist erlaubt, aber Lecken nicht? Komische Moralvorstellungen sind das! Aber egal. Vergewaltigen wollte ich sie nicht, dazu bin ich nicht der Typ. Eine Frau soll bei mir Spaß haben.

„Morgen?", bohrte ich nach. „Vielleicht", lächelte sie und drückte mir ihre Mobilnummer in die Hand. Dann küsste sie mich kurz und ging. Eine komische Nummer war das, aber eine, die ich auf jeden Fall wiederholen wollte. Tags darauf schickte ich Kylie eine WhatsApp und fragte nach einem Date.

Sie antwortete schnell und bestätigte mir den Italiener, den ich vorgeschlagen hatte. Ich zog mich gut an mit Jeans, Hemd und Sakko, sie kam krass sexy im kurzen, knappen Rock mit Top und Jeansjacke. Wir aßen gut und unterhielten uns ebenso gut.

Sie erzählte mir, dass sie Single sei. Ihre Beziehung – 1,5 Jahre mit einem Studenten – sei gescheitert, weil dieser von ihr einen Dreier mit seinem besten Kumpel einforderte, was sie unmöglich fand. „Mit einer anderen hübschen Frau ist geil, aber nicht mit 2 Männern." Recht hat sie. „Hast Du schon mal Sex mit 2 Frauen gehabt?", wollte sie von mir wissen.

„Ja", protzte ich, „mehrfach, und es war immer genial." Sie staunte mit großen Augen. Wir flirteten gut und das Thema Sex war nun unseres. Ihre Hand lag bereits auf meinem Oberschenkel und rutschte näher Richtung Hosenstall. Schließlich zahlte ich und wir fuhren zu ihr. Kylie wohnte in einer WG mit 2 anderen Mädels ihres Alters, und beide waren zuhause. So etwas hatte ich selten erlebt.

Rasch zog Kylie mich – unter den Blicken der anderen beiden Hübschen – in ihr Zimmer. „Das waren Nele und Helene, meine beiden Mitbewohnerinnen und besten Freundinnen, wir wohnen seit 5 Monaten zusammen." Das waren interessante Informationen über die beiden anderen sexy Girlies, doch im Moment interessierte mich nur Kylie.

Kylie verschwand kurz auf Toilette, während ich es mir auf ihrem Kuschelbett kuschelig machte. Ich hörte Frauengetuschel und Grinsen, dann kam Kylie zurück und legte sich in meinen starken Arm. Sie hatte nur noch einen schwarzen String-Tanga, und einen schwarzen BH an. Vorsichtig küsste sie mich auf den Mund und streichelte meine gut trainierte Brust.

Ich hatte längst ´nen Steifen in der Hose und schob Kylies Hand tiefer, genau auf meinen Dong. Schwupps, war dieser draußen und meine Bettgespielin rückte mit ihrem Mund immer näher, bis sie ihn endlich drin hatte. Es fühlte sich göttlich an.

Kylie war eine absolute Blowjob-Expertin. Sie blies genial. Gleichzeitig verabschiedete sie ihren BH. Kylies Brüste waren formschön und fest. Mit derselben Technik wie in unserer Produktionshalle verwöhnte sie mich halbnackt, bis ich ihr meinen point of no return mit einem „Jetzt gleich" ankündigte.

Lasziv wichste sie diesmal mein Sperma genau auf ihre Titten und kleckste sie schön voll. Ich stöhnte möglichst leise dabei, um die Aufmerksamkeit unseres Sex-Aktes nicht ins bewohnte Wohnzimmer zu lenken. Jede Titte sollte dasselbe abbekommen. Bekamen sie auch. Es war wundervoll, doch hatte ich das Gefühl, irgendwie beobachtet zu werden. Doch das konnte wohl kaum sein. Schließlich war außer uns niemand im Raum. Lag wahrscheinlich daran, weil Kylies 2 Freundinnen noch in der Wohnung waren.

Diesmal durfte ich endlich an Kylies Pussy. Bereitwillig legte sie sich nun in Nehmerlaune in die Nehmerstellung und ließ sich von mir am ganzen Körper küssen und züngeln. Mit meinen spitzen Zähnen zog ich ihr den Slip aus und erlebte eine saftige Teenie-Pussy ohne Schamhaare. Geil! Diese schmeckte genauso gut wie sie roch und aussah.

Ich, der Zungenakrobat, leckte nun die wunderschöne Kylie in Ekstase. Zuerst die äußeren Schamlippen, dann die inneren Schamlippen. Beide Paare waren absolut identisch und millimetergenau gleich, halt nur spiegelverkehrt. Aber das ist ja normal. Kylie stöhnte lauter als ich, sie nahm kein Blatt vor den Mund, sollten Nele und Helene ruhig mitbekommen, wie geil es hier abgeht. Ich küsste, saugte, züngelte und leckte erfahren weiter, bis Kylie schier durchdrehte und 3 heftige Orgasmen am Stück erlebte.

Nach 1 Minute Höhepunkt senkte sie ihr Becken und entspannte sich. Ich kroch auf sie und küsste sie leidenschaftlich auf ihren süßen, roten Mund.

„Das war geil mit Dir", lobte sie mich und träumte an die Decke. Nach 10 Minuten musste ich auf Toilette. Ich stand auf, zog meine Unterhose und mein Hemd an und ging zur Tür. Da hörte ich ein paar schnelle Schritte im Wohnzimmer. Fand da gerade ein Umzug statt? Ich öffnete die Tür und schaute ins Viereck: Nele und Helene saßen auf dem Sofa und schauten fern. Sie lächelten mich nett an, doch ihre Blicke verrieten irgendwie mehr.

Ich bin ein Frauenversteher durch und durch und kenne Frauen sehr gut. Ich weiß, wie sie ticken und sich verhalten. Irgendwie verhielten sich die beiden Schönheiten nicht normal.

Ich pisste mir erst mal einen ab, dann ging ich unter ihren beobachtenden, interessierten Blicken zurück zu Kylie. Seltsam. Ich wollte die Geschichte Kylie erzählen, doch die hatte längst andere Pläne: Sie wollte mich spüren: Tief und hart.

Ihre Hand massierte meinen Penis in Punkt-12-Stellung hoch, während wir heftig knutschten. Dann zückte sie ein rotes Noppenkondom, das sie mir überblies. Ich sollte sie als Missionar liegend beglücken. Das fühlte sich geil an, denn Kylie war schön eng. Dann wollte sie reiten. Mann, das tat sie im wahrsten Sinne des Wortes. Auch rückwärts Reiten war angesagt. Zum Finale spielten wir Hund 1 und 2. Ich nagelte sie Doggy hart und gnadenlos, bis ich abschoss. Ein heftiger Orgasmus war es, der mich erfüllte.

Kylie war noch nicht gekommen, also leckte und zungenknetete ich sie erneut zu 3 Höhepunkten in Serie. Während Kylie ausstöhnte, hörte ich wieder Geräusche direkt vor der Tür. Hm, hatten wir etwa 2 geile Lauscherinnen? Oder gar Schlüssellochguckerinnen? Die Tür hatte ein großes Schlüsselloch, das genau auf Kylies Bett zeigte. Möglich war es also. Realistisch auch.

Ich sagte aber nichts, sondern genoss und überlegte mir einen Schlachtplan für das nächste Mal. Nach 20 Minuten Kuscheln verabschiedete ich mich von Kylie und den Mädels, da ich am nächsten Tag ein Meeting hatte und früh raus musste. 2 Tage später waren Kylie und ich erneut zum Essen verabredet, wieder beim Italiener. Das Essen war lecker und unser Gespräch sehr ergiebig.

Tricky wie ich bin, entlockte ich Kylie mehr Informationen über ihre beiden gleichaltrigen Busenfreundinnen Nele & Helene. „Die beiden sind echt lieb. Uns verbindet eine wirklich enge Freundschaft, wir haben keine Geheimnisse voreinander, helfen uns in allen Lebenslagen, auch bei Liebeskummer, und genießen auch unsere schönsten Momente miteinander, spannende Abenteuer und so." Was sie damit meinen könnte, schien mir klar: „Auch Sex-Abenteuer?", fragte ich frech.

Kylie lachte laut und meinte: „Du bist aber neugierig." Ich bohrte weiter und bekam schließlich heraus, dass das Thema Sex kein Tabu zwischen ihnen ist.

Genau und deutlich formulierte sie es nicht, aber mir war schon klar, dass die Mädels untereinander sich sicher hin und wieder gegenseitig Vergnügen bereiten und sicher auch schon gemeinsam den einen oder anderen Mann verwöhnt haben. Und das mit 18!

Mein Gedankenkarussell drehte sich bereits sehr schnell und ich erträumte mir einen geilen Vierer am späteren Abend. Ob es so kommen würde?

Um 21:30 Uhr hatten wir genug gespeist und fuhren zu Kylie. Und siehe da: Nele und Helene waren „zufällig" auch wieder da. Diesmal stellte mich Kylie den beiden ausführlich vor und wir plauderten 15 Minuten zu guter Cola, ehe mich Kylie in ihr Zimmer schob. Ich nutzte diese 15 Minuten voll aus, um Nele und Helene zu begutachten und zu bewerten.

Kylie & Nele & Helene, der Wahnsinn

Nele war ca. 1,78 m groß und schlank. Sie ging jeden Tag 1 volle Stunde joggen, das sah man ihrer wunderschönen, sportlichtrainierten Figur auch an. Lange, blonde Haare wellten sich hinab bis zum Po, ihre Augen waren groß und offen, ihr Mund wohlgeformt, ihre Brüste fest, ihre Hände schön und zart. Ihr Lächeln war atemberaubend, sie hatte wunderschöne Zähne und eine gepiercte Zunge.

Die Helene war der optische Unterschied: Sie war klein, schwarzlanghaarig, knapp über 1,60 m und sehr dünn. Dafür waren ihre Möpse groß. Ihre Augen sexy geschminkt, ein kleines Nasen-Piercing verzauberte ihren rechten Flügel. Ihre Finger waren relativ lang für so eine kleine Frau, ihr Po knackig, dazu dünne Oberschenkel und Waden. Beide gefielen mir.

Kylie zog sich und mich aus und küsste meinen Dong steif. Ich konzentrierte mich auf die sexuellen Handlungen, aber auch auf die Tür, die ich unter Beobachtung hielt. Als Kylie ihn im Mund hatte, hatte ich wieder das Gefühl, beobachtet zu werden. Draußen lief zwar laut der Fernseher, aber ich hörte auch Rascheln an der Tür. Aha, sind die Spioninnen also wieder da!

Ich wurde neugierig, drehte uns und verwöhnte nun oral die schöne Kylie. Ihre Pussy schmeckte genauso gut wie vor 48 Stunden. Ich wartete auf den idealen Moment, da richtete ich mich blitzschnell auf, stürmte zur 3 m entfernten Tür und riss diese nach innen auf.

Und da standen sie, steif vor Schock: Nele und Helene! Ich hatte sie erwischt, in flagranti beim Spannen. Sie standen mit offenen Mündern vor mir, damit hatten sie nicht gerechnet. Mein Penis bedrohte sie als Lanze. „Na, was soll das denn, bitte schön!?", startete ich die Schelte.

„Ihr spannt Euch hier echt einen ab, oder?" Kylie im Hintergrund war ruhig wie ein Igel, eine bedrohliche Stille lag in der Luft, also machte ich lautstark weiter: „Findet Ihr das nicht ein bisschen frech, uns beim Sex zu beobachten? Meint Ihr, dass Kylie und mir das gefällt? Also, so etwas habe ich echt noch nie erlebt, Mädels!"

Da Kylie weiter schwieg wie ein Grab, musste sie es wohl gewusst haben. Vielleicht war es sogar ihre Idee gewesen, keine Ahnung. „Ich möchte jetzt echt wissen, was Ihr Euch dabei gedacht habt", forderte ich Nele und Helene auf, mir Rede und Antwort zu stehen und ihr Verhalten zu rechtfertigen.

Helena fasste Mut: „Naja, was soll ich sagen? Wir wollten nur mal kurz schielen." „Nur mal kurz schielen?!", fuhr ich hoch. „Von wegen! Schon das letzte Mal habe ich Euch an der Tür gehört, streitet das ja nicht ab!"

Helene merkte, dass es keinen Sinn machte, mich für blöd zu verkaufen, und gab kleinlaut zu: „Du hast ja Recht. Sorry. Wir wollten Dich nicht verärgern oder in Deine Privatsphäre eindringen, aber irgendwie hat es sich halt so ergeben. Die Kylie hat Dich hergebracht und Nele und ich fanden Dich auch ziemlich sexy. Da haben wir einen Blick gewagt."

„Nur einen?", fragte ich mit Stirnrunzeln zurück. „Naja, einen langen Blick." „Du meinst, Ihr habt komplett zugesehen." „Ja", nickte Nele und schüttelte ihren Kopf. „Sorry, bitte sei uns nicht böse. Uns hat einfach gefallen, was wir gesehen haben."

„Soso", grinste ich, „und deshalb habt Ihr auch heute wieder stilles Mäuschen gespielt." „Ja", meinte die Helene, „Du bist ein sehr attraktiver Mann … mit einem schönen Schwanz … da konnten Nele und ich einfach nicht widerstehen."

Langsam löste sich die Spannung auf, zum Glück. Mittlerweile lachten wir sogar darüber und Kylie kommentierte nun mit. Ich kroch zu Kylie zurück ins Bett und die Mädels setzten sich auf den Fußboden. Langsam wurde mein Penis steif, da Kylie dezent Hand anlegte. Wir waren mitten im Gespräch, aber Kylie legte es voll darauf an. Dann küsste sie mich und startete ihren Blowjob. Direkt vor den Mädels.

Ich schaute Nele & Helene an, die gebannt zusahen und mich anlächelten. Da konnte ich einfach nicht mehr widerstehen und ließ Kylie blasen. Doch mein Blick wanderte immer wieder hinüber zu Nele und Helene, die sich nun extra für mich küssten, auch mit Zunge. Plötzlich sah ich 2 Paar wunderschöne Titten, denn Nele und Helene wollten mich zusätzlich aufgeilen. Kylie blies bewusst langsam und wollte dem ganzen sündigen Spiel genug Zeit und Raum geben, was ihr bestens gelang.

79

Die beiden Mädels blickfickten mich und kneteten sich gegenseitig ihre Titten. Dieser Anblick war zu viel für mich: „Jetzt gleich!", stöhnte ich ab und ließ den Orgasmus kommen. Dieser fiel äußerst spritzig aus, da Kylie ihn den Mädels präsentieren wollte.

Mit Hand und Mund bescherte sie mir mächtige Spritzer, begleitet von einem starken Gefühl der Befriedigung, während Nele und Helene staunten. Zärtlich lutschte Kylie meinen Dong sauber und sich selbst das Restsperma von den Lippen. Ich atmete tief durch und war einfach nur glücklich.

„Jetzt ich", forderte Kylie ihren Spaß ein. „Wieder vor Publikum?", fragte ich sie neckisch, was ein lautes „Ja" von allen 3 Mädels nach sich zog. Na gut, na schön. Nele und Helene saßen weiter oben ohne da und fanden es sichtlich geil, wie ich Kylies schönen Brüste küsste und streichelte, dann über ihren Bauch tiefer wanderte bis zum Venushügel. Drumherum streichelte und küsste ich sie, ehe ich endlich ihrer groß gewordenen Klitoris meine volle Aufmerksamkeit schenkte.

Kylie liebte es, mehr von links geleckt zu werden, dort hatte sie ihre empfindlichste Stelle. Gesagt, geleckt. Ich züngelte wie Burt Reynolds und schaute immer wieder nach oben in Kylies genussvolles Gesicht und dann seitlich in die großen Augen der beiden Spannerinnen, die das, was sie sahen, ziemlich geil finden mussten. Kylie wurde immer unruhiger, ihr erster Orgasmus nahte.

Ich leckte noch eine Stufe intensiver, dann war es soweit: Kylie kam! Zweimal hintereinander, ehe sie erschöpft ihr Becken ablegte und tief durchatmete. „Das war geil!", tönte die Gekommene und küsste mich saftig. Ich schaute die Beobachterinnen an und fragte: „Na, hat Euch die Vorstellung gefallen?" Beide grinsten frech und nickten brav.

„Und wie geht es jetzt weiter, Mädels?" Eine Antwort blieb aus, aber eine Reaktion nicht: Die hübsche Nele stand auf, schritt auf mich zu und küsste mich. „Jetzt möchte ich von Dir verwöhnt werden", grinste sie mich an und legte sich zu uns in das große Bett. Doch Kylie stand nicht auf, sie blieb liegen und kuschelte sich eng an ihre Busenfreundin heran. Alright, wird ein geiles Spektakel!

Oben ohne war sie ja schon, die Nele, unten ohne folgte. Sie hatte einen bestimmenden, schön getrimmten Landeplatz auf ihrem Venushügel, die Wiese war dunkelblond. Daneben ein Tattoo mit der Aufschrift „best pussy around".

Ob das auch wirklich stimmte? Ich musste es herausfinden! Zärtlich küsste ich Neles wunderschöne Titten und ihren trainierten Bauch. Sie stöhnte dabei und knutschte mit Kylie. Als ich mit meinem Mund an Neles Scham angekommen war, rubbelte sie schon fleißig an der Clit von Kylie herum. Helene saß neben dem Bett, beobachtete alles ganz genau und hielt sich einen Womanizer Pro von außen an ihr fast durchsichtiges Höschen, das keine schwarzen Schamhaare zeigte, sondern blanko.

Neles Pussy war tatsächlich eine der besten around: Ihre Schamlippen waren lang und schmal, ihre Klitoris von Gott geformt, ihr Duft köstlich. Ich genoss es, diese Super-Pussy zu lecken. Nach etwa 5 Minuten spürte ich, dass ich Nele am Rande der Kante hatte. Ich saugte intensiver, dann stöhnte sie laut in Kylies Mund. Ihre Pussy flutete durch und zuckte unter Strom. So etwas liebe ich, diese intensiven Frauenorgasmen.

Nele wollte mehr: „Weiter, leck weiter, bitte!", kreischte sie und ließ sich erneut fallen. Ich tat ihr den Gefallen und schenkte ihr 2 weitere Höhepunkte, die beide genauso intensiv ausfielen wie Nummer 1. Da lagen sie, 2 erschöpfte und äußerst befriedigte Mädels, die mich anstrahlten.

„Kannst Du mich noch mal verwöhnen?", bettelte Kylie um ein weiteres Sex-Highlight ihres Lebens, doch das erzeugte einen Protest bei Helene: „Und was ist mit mir? Zuerst bin ich dran! Ihr beide habt schon, ich noch nicht."

Dieses Argument war glaubhaft und entsprach zudem der Wahrheit. Es wurde von Kylie sofort akzeptiert. Grinsend wie ein Honigkuchenpferd zog sich Helene ihr feuchtes Höschen aus und sprang zu uns ins Bett. Eng war es, aber geil. Sie legte sich zwischen Kylie und Nele und griff nach meinen Haaren. Mein Kopf befand sich 10 Sekunden später zwischen ihren großen Brüsten.

Ich bekam Luft, aber nicht viel. Ich zog ihn hoch und blickte auf das Paradies: Ich sah 3 bildschöne Girls unter mir liegen, alle 18, nackt und geil auf mich. Fantastisch!

Helenes Körper war kleiner und kürzer als der von Kylie und Nele, aber genauso erogen. Ich küsste ihren doppelt tätowierten Bauch – „Yes" und „No" waren darauf zu lesen, „Yes" rechts vom Bauchnabel, „No" links davon – und kümmerte mich dann um Helenes komplett rasierte Muschi.

Während die Mädels miteinander knutschten, Helene mal mit Kylie, dann mit Nele, stimulierte und verwöhnte ich Helene mit all meinen Tricks. Nach knappen 10 Minuten war es dann soweit:

Helene musste kommen. Sie hatte keine Chance, ihren Orgasmus hinauszuzögern, zu genau waren meine Züngeleien. Leise, aber intensiv stöhnte sie ihren Orgasmus in den Raum, ganze 50 Sekunden lang hatte sie einen. Ob das ein zweites Mal klappt? Ja, natürlich! Ich leckte intensiv weiter und schenkte der schwarzhaarigen Göttin Orgasmus 2 und 3.

3 bildhübsche junge Frauen in einem Bett, oh Mann, das erlebt man nicht jeden Tag. Und 3 bildhübsche junge Frauen innerhalb von 60 Minuten jeweils mehrfach zum Orgasmus zu bringen, ist auch kein Standard. Ja, ich hatte es mal wieder geschafft und Außerordentliches geleistet. Sehr glücklich legte ich mich zwischen die Mädels und genoss den engen Körperkontakt von allen Seiten.

Plötzlich spürte ich eine Hand an meinem Dong. Und ehe ich schaue konnte, welche es war, spürte ich eine zweite. Helene und Nele waren es, die von beiden Seiten an meinen Penis griffen und ihn langsam und zart streichelten. In Windeseile wurden aus den halberigierten 11 cm vollsteife 15 cm. Von links und rechts spürte ich pure Leidenschaft mich überfluten.

Nele hockte sich auf und krabbelte zwischen meine Beine. Wenige Sekunden später hatte sie Kong Dong in ihrem süßen Mund. Kylie küsste derweil meinen Brust- und Bauchbereich, während Helene und ich knutschten, mit Zunge. Nele ließ sich viel Zeit beim Blowjob, es ging darum, mich vollends zu verwöhnen. Das gelang den Ladies auch. Ein paar Minuten im Spiel, tauschten sie die Plätze: Nun war es die Helene, die den Blowjob weiterführte, während Kylie mich mundküsste und Nele meine Füße massierte. Auch eine geile Combo. Helene blies nicht ganz so gut wie Nele, aber erträglich.

Ihre Technik war stockiger und nicht so flüssig wie die von Nele. Ich musste mich beherrschen, noch nicht zu kommen, da ich weiter genießen wollte. Kylie durfte nun auch blasen.

Die 3 merkten, dass nun der Zeitpunkt kommen musste, also konzentrierten sich alle 3 zusammen auf meinen Penis. Nele und Helene wichsten ihn, Nele mit der ganzen linken Hand, Helene mit Daumen-Zeigefinger-Kreis darüber. Dazu züngelten 3 Zungen an meiner Eichel herum. Zwischendurch 2 bis 3 tiefe oder kurze Blaser von Kylie.

Als Kylie ihn wieder kurz im Mund hatte, kam ich wie ein Erdbeben. Ich spritzte meine Ladungen ab und alle Mädels wollten sie schmecken. Über 5 Minuten lutschten und streichelten sie alles zu Ende, bis ich am Ende war. „Oh Mann, das war unfassbar geiler Sex", staunte ich und bedankte mich bei den 3 Grazien mit Dankeschön-Küssen.

Ganz offen plauderten wir im Bett über Gott und Sex. Kylie, Nele und Helene gestanden mir, dass ich nicht der erste Mann war, den sie zu dritt verführt hatten. Da gab es schon andere.

„Wir sind alle Single und genießen unsere Leben. Und wenn eine von uns einen Typen anschleppt, dann kann sich immer etwas ergeben. Oft auch nicht, denn nicht jeder Mann gefällt allen. Aber manchmal ist einer so wie Du dabei, da schauen wir uns an und wissen sofort, dass es eine geile Sache werden kann."

Diese Erklärung von Nele war einleuchtend. So offen wie sie war, so offen wurde auch ich. Ich erzählte den 3 Mädels von meiner großen Sammlung an Frauen im Bett und von meiner Vorliebe, auch Fotos oder Videos davon für den privaten Gebrauch zu erstellen. Die 3 grinsten und meinten, das hätten sie auch schon gemacht, Sex filmen und so.

Helene stand auf, holte den Laptop aus ihrem Zimmer und startete ihn. Dann klickte sie ein paar Mal, und schon begann ein Video mit dem Titel „A hot night with Sven". Dieses Video wurde in Kylies Zimmer gedreht, das konnte ich erkennen. Ein attraktiver junger Mann knutschte mit Kylie, dann kamen Nele und Helene dazu. Die Lichtverhältnisse waren optimal, ich konnte alles gestochen scharf sehen.

Sven war Anfang 20 und hatte ein Monsterteil. „Seiner war fast 24 cm lang", grinste Nele und hielt ihre Hände 30 cm auseinander. Ich sah zu, wie Sven eine Triple Blowjob bekam und dann eine nach der anderen Doggy Style fickte. Die 3 Mädels schrien dabei ordentlich, Svens Penis muss massiv gedrückt und ausgefüllt haben.

Schließlich kam der 1,90-m-Hühne in Nele. Aufnahmeende. Ein geiles Video, fand ich. „Habt Ihr noch andere?", fragte ich interessiert in die Runde. „Klar", nickte Kylie, und schon lief Video 2 mit dem Titel „Thommy in Love". Thommy hieß eigentlich Thomas und war eine Affäre von Nele. Er war 27 und hatte einen starken Oberkörper, der mit einigen hässlichen Tattoos bedruckt war. Auf dem Video waren aber nur Nele, Kylie und Thommy zu sehen.

„Ich hatte echt keine Lust auf Thommy, also enthielt ich mich", erklärte Helene ihre Abwesenheit. „Thommy war ein guter Lover, aber er wurde zu aufdringlich, er hatte sich in mich verliebt und wollte eine Beziehung, ich aber nicht", beschrieb Nele das Drumherum.

Ich sah zu, wie Nele und Thommy miteinander schliefen, er auf ihr, sehr zärtliche Stöße, sehr romantische Bewegungen seinerseits. Kylie lag neben Nele und streichelte und küsste ein bisschen mit beiden. Sie war eher Beiwerk. Dann ritt Nele auf Thommy. Sein Schwanz war in etwa genauso groß und dick wie meiner.

Sweet Nele ritt genüsslich, ihre dicken Möpse kullerten auf und ab. Kylie saß mittlerweile auf Thommys Brust und Gesicht. Er leckte ihre Muschi. Nach ein paar Minuten stöhnte er und hatte in Nele seinen Orgasmus. Ende. „Ich würde auch gerne den Sex mit Euch filmen, wärt Ihr dabei?", fragte ich die 3 Mädels, die nur auf diese Frage gewartet hatten. „Klaro", grinste Kylie und holte eine digitale Video-Cam aus der Schublade. „Bist Du bereit oder brauchst Du noch Zeit?" „Los geht´s!", willigte ich ein.

Kylie platzierte Cam optimal zum Bett und drückte Rekord. Ich war gespannt, was die 3 mit mir vorhatten, in so einer Konstellation gibt es Hunderte Möglichkeiten, wer mit wem, und wie. Geben ist seliger als Nehmen, also gab ich zuerst.

Ich küsste alle 3 auf all ihre 4 Lippen. Dann fickte ich die 3 Löcher. Das von Kylie war am besten, sie war schön eng und saftig, ihre Scheidenmuskulatur knetete meinen Dong richtig gut durch. Neles Pussy war auch hier eine der besten around: Ihre Röhre hatte das gewisse Etwas, es fühlte sich himmlisch an. Helenes Pussy war Standard.

Ich fickte wie Gott in Frankreich und wollte natürlich meinen Höhepunkt sichtbar haben. Also ließ ich mir einen Triple Blowjob geben. Die Mädels züngelten wild an meiner Eichel herum und bliesen abwechselnd super gut, sodass mein Orgasmus wie eine explodierende Bombe ausfiel. Ich keuchte wie ein Irrer und schenkte den Hobby-Nutten eine Gesichtsbesamung erster Klasse.

Als es vorbei war, schauten wir uns das Video auf dem Laptop an. Es war brutal geil! Ich bestand natürlich auf eine Kopie und zog diese mir auf meinen USB-Stick. Noch ein paar Mal wiederholten wir in den Folgewochen das sündige Spiel zu viert.

Magdalena, das Kindermädchen

Zeitsprung: Sex mit dem Kindermädchen ist immer problematisch, aber ich konnte der Aura der hübschen Magdalena einfach nicht entkommen. Was war geschehen? Andrea begann nach einer traurigen Depressionsauszeit wieder 50 Prozent zu arbeiten, also brauchten wir ein Kindermädchen für unsere beiden Schätze.

Unsere Wahl fiel auf Magdalena. Genauer gesagt war es meine Wahl gewesen. Ich entschied nicht nach Qualifikation, sondern nach Aussehen. Magdalena war eine von 3 Mädels, die wir zum Casting eingeladen hatten, und nachdem alle 3 Andrea gleich gut gefielen, überließ sie mir die Wahl. Yves war mir zu hässlich und Antoinette zu alt. Magdalena entsprach genau meinen Vorstellungen.

18 Jahre jung, wollte sie sich neben der höheren Gymnasialzeit ein paar Euronen extra dazu verdienen, fürs Studium, wie sie sagte. Braves Ding. Sie war knapp 1,75 m groß und sehr schlank. Optisch eine Kopie von Lena Meyer-Landrut. Und die finde ich sehr sexy! Magdalena kam 4 Nachmittage die Woche zu uns, um sich um Jean Paul und Anna Lina zu kümmern. Hin und wieder durfte sie zum gemeinsamen Abendessen bleiben. Einen festen Freud hatte sie nicht, das wusste ich, halt einen hier und da, wie das 18-jährige Mädels heute so machen.

„Magda" verstand sich super mit unseren beiden Schätzen. Eines Tages kam ich früher als geplant nach Hause, ich war durchgeschwitzt von einem anstrengenden Meeting und wollte duschen. Magdalena war wohl mit den Kids irgendwo am Spielen, ich hörte sie nicht, zog mich im Badezimmer nackt aus und sprang unter das kühle, erfrischende Nass.

Als ich meine Augen wieder öffnete, stand Magdalena in der Tür und starrte mich an. 20 Sekunden Stille. „Hallo Magdalena", eröffnete ich lässig die Konversation, „wie geht´s Dir? Wo sind die Kinder?" „Die spielen in Jean Pauls Zimmer. Äh. Tut mir leid, dass ich hereingeplatzt bin, ich wusste nicht, dass Sie gerade duschen", druckste sie verlegen herum. „Ach, schon gut, ist doch nichts passiert", lächelte ich sie an.

Ich trocknete mich bewusst so ab, dass sie mich weiterhin splitterfasernackt sah. Sie schaute nicht weg, ging auch nicht weg, sondern starrte mich weiter gebannt an. „Noch nie einen nackten Mann gesehen?", scherzte ich sie an. „Doch, doch", stammelte sie, „tut mir leid, aber ich stehe gerade irgendwie unter Schockstarre."

„Ach, Magda", beruhigte ich sie, „komm, reiß Dich zusammen: Die Welt ist nicht untergegangen, es steht kein Monster vor Dir, um Dich zu verschlingen, hier steht nur ein nackter Mann, mehr nicht." Magdalena starrte immer noch und konnte sich nicht bewegen. „Was ist denn los, Kleine? Hat Dich die Tarantel gestochen? Nun sag schon was", forderte ich sie auf, nicht weiter die Geschockte zu sein. Doch immer noch keine Reaktion.

Langsam wurde ich ungeduldig und ich marschierte auf sie zu. „Magdalena, das wird mir jetzt langsam unheimlich, wie Du mich so komisch anschaust. Mache ich Dir Angst? Oder bist Du in eine Hypnose verfallen? Oder gefalle ich Dir? Irgendeinen Grund muss es doch geben, dass Du mich nun schon seit 5 Minuten so anstarrst, ohne richtig was zu sagen."

In diesem Moment ging die Magdalena 2 entscheidende Schritte auf mich zu, schloss dabei hastig die Badezimmertür und drückte mir einen Kuss auf den Mund. Ich war sprachlos. Noch einer. Ich war baff. Noch einer. 3 Küsse hatte ich bekommen von der hübschen Magdalena, unserem 18-jährigen Kindermädchen. Darf ich Sie fragen: Wie hätten Sie darauf reagiert? Ihr sofort gekündigt? Sie geschlagen?

Ich konnte keines von beidem. Ich musste sie auch küssen. Mein Penis richtete sich auf und drückte beim Knutschen an Magdalenas Bauch. Schnell kniete sie sich hin und nahm ihn in den Mund. Ich hörte die Harfen klimpern. Magdalena konnte blasen, wie Kindermädchen es in jeder Fantasie können. Einfach perfekt!

Mir war klar, dass wir hier ein sehr gefährliches Spiel trieben. Jede Sekunde könnten unsere Kinder ins Bad stürmen, Andrea könnte früher nach Hause kommen, doch der Moment war zu geil, um gestoppt zu werden. Magdalena gab sich Mühe, mir einen schnellen Orgasmus zu bereiten, was ihr auch gelang.

Nach etwa 3 Minuten Mundsaugakrobatik mit Zunge spritzte ich leise stöhnend meinen Lebenssaft in ihr kariesfreies Mündchen hinein. Magdalena schluckte alles, sie wollte wohl keine Spuren im Badezimmer hinterlassen. Superbrav.

Als wir fertig waren, öffnete Magda vorsichtig die Tür, küsste mich nochmal schnell, aber intensiv auf den Mund und verschwand in Richtung Kinderzimmer. Wow, was war das denn? Ein völlig unerwarteter Blowjob meines 18-jährigen bildhübschen Kindermädchens. Genial!

Ich zog mich in mein Arbeitszimmer zurück und arbeitete noch einige Mails ab, bis Andrea nach Hause kam und Magdalena die Kinder an uns übergab. Mit einem vielsagenden Blick, den nur ich deuten konnte, verabschiedete sie sich von uns, und ich war gespannt, ob es bei diesem einmaligen Blowjob bleiben oder ob weitere folgen würden.

In den nächsten Tagen legte ich meine Termine so, dass ich früher zu Hause war, als wie mit Andrea abgesprochen. Und tatsächlich: Magdalena verfolgte denselben Plan wie ich. Als ich an Tag 2 unerwartet zur Tür hineinkam, spielte sie gerade im Wohnzimmer mit Bub und Mädel. Sie schaute mich geil an, während ich Bub und Mädel küsste und flüsterte ihr ins Ohr: „In 5 Minuten im Bad."

Sie nickte und ging mit Bub und Mädel ins Buben-Kinderzimmer, wo sie den beiden wahrscheinlich eine schöne Beschäftigung andrehte. Ich stieg in die Dusche und hatte längst eine 15-cm-Latte, da ich wusste, dass diese gleich gebraucht wird. Schnell sauber waschen, dann klopfte es auch schon sanft an der Tür und Magdalena huschte herein. Sie hatte sich sexy gekleidet, einen kurzen Rock an und ein T-Shirt, das ihre jugendlichen Brüste top in Szene setzte.

Ohne Worte knutschte sie mich und ging wieder in die Hocke, um mich zu verwöhnen. Ihre Lippen verschluckten meinen Prügel bis zum Ansatz, diesmal nahm sie sich Zeit und schaute immer wieder hoch in meine Augen. Ihre pink lackierten Fingernägel hielten meinen Dong fest in Position, während ihr Köpfchen und ihre hellschwarzen, langen Haare sich vor und zurück bewegten. Nach paar Minuten überschritt ich Grenzen und zuckte, als ich ihr Mündchen mit gutem Saft versorgte.

Diesmal war es zu viel für sie und sie ließ einiges an Sperma aus ihrem Mund herauslaufen. Der Anblick war göttlich.

Sie wischte sich sauber, küsste mich und verzog sich wieder. Geil! Nun ja, es war zwar geil, aber auch megariskant, was ich da trieb. Magdalena und Andrea kannten sich ja, sich mochten sich. Was ist, wenn die dumme Schlampe sich mal verquatscht? Oder wenn sie Andrea irgendwann die Wahrheit erzählt? Oder wenn sie gar unsere Ehe gefährden möchte? Oder wenn die Kinder etwas mitbekämen? Oder Andrea, wenn sie mal früher nach Hause käme?

Oh Mann, schoss es mir durch den Kopf, so viele Frauegen und Risiken, und trotzdem gefiel es mir so. 2 Wochen und 3 Blowjobs später wurde es mir allerdings dann doch zu heiß. Eines Tages rief ich Magdalena von meinem Office aus an, um mit ihr Tacheles zu reden. „Hey, ich bin´s. Magdalena, hast Du ein paar Minuten Zeit? Ich habe etwas mit Dir zu besprechen", begann ich. Sie hatte Zeit.

Also sprach ich über uns und erklärte ihr, dass mir die Ehe mit Andrea heilig sei und das mit uns nur Sex. Das verstand sie. Ich bat sie um Diskretion und Anstand, mir niemals ein Messer in den Rücken zu jagen für das, was wir da tun. Sie verstand es auch. Ich fragte sie, warum sie eigentlich mir den ersten Blowjob im Bad gegeben habe, und sie antwortete: „Ich fand Dich schon vom ersten Tag an sehr attraktiv, und die Situation hat es einfach in sich gehabt."

„Hättest Du Lust auch auf mehr als nur ein Blowjob?", fragte ich sie frech und direkt. „Wie meinst Du das?" „Na, ich könnte Dich ja auch mal verwöhnen", lockte ich sie, „und wir könnten ja auch mal miteinander schlafen, wenn Du das möchtest", lockte ich sie weiter, „es liegt ganz bei Dir, ich bin offen für alles." „Ich auch", hörte ich vom anderen Ende der Leitung, was mich sehr erfreute.

Doch uns beiden war klar, dass dieses „mehr" nicht bei mir Zuhause, sondern woanders stattfinden müsse. Da sie noch bei ihren Eltern wohnte, wollte ich schon ein Hotel vorschlagen, doch just in diesem Moment erzählte sie mir, dass ihre Mum und ihr Dad aktuell auf einer zweimonatigen Weltreise wären und sie sturmfreie Bude habe.

Wir verabredeten uns für einen Samstag, an dem ich ohnehin arbeiten musste, und verschaffte mir bei Andrea ein Zeitfenster von 2,5 Stunden.

Nach der Arbeit fuhr ich zu Magdalena. Sie öffnete und schloss hinter mir. Sofort führte sie mich in ihr Zimmer, das sehr mädchenhaft eingerichtet war. Schnell waren wir wieder beim Küssen, dann beim Knutschen. Ebenso schnell waren wir nackt. Ich betrachtete jeden Zentimeter dieses göttlichen jungen Körpers und war so dankbar darüber, ein Womanizer zu sein.

Ihre Brüste standen wie eine Eins, ihr Körper war so straff und ästhetisch, so sexy, dass mir fast einer abging, vor allem, als ich ihre blitzblank rasierte und duftende Pussy sah und roch. Große Schamlippen verzierten ihren Schlitz. „Was möchtest Du?", fragte ich höflich mein Kindermädchen. „Alles was Du willst", antwortete mir mein Kindermädchen. Ich wollte die Süße lecken.

Zuerst küsste ich ihre kleinen Brustwarzen, die immer größer wurden. Dann ihren Bauch, die Innenseiten ihrer Oberschenkel, schließlich ihre Schamlippen. Als ich meine Zunge hinein steckte und meine besondere Leck-Technik durchführte, war Polen offen.

Magdalena wusste nicht wie ihr geschah, schon zuckte sie zu ihrem ersten Orgasmus. Mein Gelecke war zu viel für sie, schon kam sie ein zweites Mal. Und ein drittes Mal. „Warte mal", rief sie erschöpft, „ich brauche eine Pause. Puh. So wie Du hat mich noch kein Typ geleckt."

„Kein Wunder", grinste ich, „die kleinen Jungs haben doch alle keine Ahnung, wie das richtig geht und was Frauen wollen und brauchen. Ich habe mein Handwerk von der Pike auf gelernt. Lass Dich fallen, Kleine, ich befördere Dich in den Himmel."

Mit diesen Worten züngelte ich sie weiter zu ihren Höhepunkten Nummer 4 und 5. Ihre Pussy wurde immer feuchter, ihr Gesicht immer glücklicher. „Wow", keuchte sie und suchte die Normalität wieder. Als sie diese gefunden hatte, kümmerte sie sich um meinen Dick. Diesmal durfte ich liegen und ganz genau dabei zusehen, wie sie mir einen Blowjob der absoluten Superlative gab.

Mal mit der rechten, dann mit der linken, dann mit beiden Händen streichelte, knetete und wichste sie meine Stange, während ihr süßes Mündchen fleißig leckte, saugte und blies.

Auf einmal hörte sie auf: „Magst Du mit mir schlafen?" „Ja, aber danach. Mach bitte so weiter, ich komme gleich, das ist mega", drängelte ich sie, ihr Werk zu vollenden. Sie vollendete. Als ich ejakulierte, wichste sie schnell weiter und das ganze Sperma spritzte hoch hinaus und landete auf meiner Brust und meinem Bauch. Sie machte uns sauber und krabbelte eng in meinen Arm.

„Das ist geiler Sex mit Dir", lobte sie mich und küsste mich sanft. Wir ruhten uns aus und ich besprach erneut die Regeln für dieses Spiel: Andrea erfährt kein Sterbenswort darüber. Die Kinder dürfen nichts merken. Andrea darf nichts merken. Es ist nur Sex zwischen uns. Sie war mit allen Punkten einverstanden.

Das bescherte mir wieder gute Laune und Lust, also erfüllte ich ihr nun den Wunsch des Beischlafs. Sie hatte Kondome da und legte mir ein Genopptes über. Dann durfte ich sie von hinten rammeln. Mein Fick war ihr zu hart, also fickte ich sanfter. Dann durfte sie reiten, zuerst rücklings, dann frontal zu mir. Beides war geiler als geil. Kommen wollte ich als Löffel, also drang ich seitlich liegend von hinten in sie ein und nagelte, bis es mir die zweite Ladung Tropfen rausdrückte. 30 Minuten später saß ich Zuhause am Esstisch und erzählte Andrea von meinem Arbeitstag.

Zunehmend verlagerten wir das Geschehen in Magdalenas Elternhaus, doch immer mal wieder, wenn sich die Situation bot, blies sie mir einen in meinem Badezimmer, während Andrea weg und die Kinder beschäftigt waren. Und bei ihr wurde viel gefickt.

Einige Wochen später schaute mich meine Andrea eines Abends komisch an und fragte mich: „Sag mal, was hast Du gestern bei Magdalena Zuhause gemacht?" Ich erstarrte. „Wie meinst Du das?", fragte ich innerlich zitternd nach. „Na, Du bist dort gesehen worden, wie Du glücklich das Haus verlassen und ihr einen Kuss gegeben hast." Oh mein Gott. Ist jetzt alles aus, fragte ich mich.

Ich schindete Zeit und wollte Details für diese Behauptungen wissen. Die Details waren sehr deutlich, und zwar ein Foto, das mich zeigte, wie ich Magda eng umarmte und küsste. Ob auf Mund oder Backe war zum Glück nicht erkennbar.

Das Foto war etwas unscharf und von der Weite aufgenommen, aber definitiv konnte man mich identifizieren. „Hast Du etwas mit ihr am Laufen?" Andrea grimmte mich an. Ich musste kreativ sein. „Schatz, ja, das auf dem Foto bin ich. Ich war gestern bei ihr, weil ich etwas Wichtiges mit ihr besprechen musste, unter 4 Augen." „So nennst Du das also", fuhr meine Frau mich an.

„Darf ich vielleicht mal ausreden?", fuhr ich laut zurück. „Schatz, das ist eine Überraschung. Ich kann es Dir jetzt nicht sagen. Ich war dort gestern, weil ich etwas mit ihr besprochen habe, etwas, was eine Überraschung sein soll für die Kinder und Dich. Das kann ich doch schlecht hier vor den Kids oder vor Dir mit ihr besprechen." „Ach ja? Und warum hast Du sie dann geküsst?" „Das war kein Kuss, sondern ein Abschiedsbussi auf die Backe, so wie Du und ich es bei vielen anderen Menschen tun, die wir kennen und mögen."

„Aber Du hast sie fest umarmt, sagte die Augenzeugin." „Ja, aber vor Freude, weil sie mir ihre Mitarbeit bei der Überraschung zugesichert hat, ist doch nicht selbstverständlich für ein normales 08/15-Kindermädchen." Andrea beruhigte sich langsam. „Und was soll dann die komische Überraschung sein, bitte schön?" „Hey, die kann ich Dir nicht verraten, sonst wäre es ja keine Überraschung mehr", konterte ich und ließ sie dumm stehen.

Andrea rannte mir hinterher und nahm mich fest in den Arm. „Tut mir leid, Schatz, ich bin wieder anstrengend, oder?" „Ja, Schatz, wie oft soll ich Dir noch sagen, dass Du diese blöde Eifersucht ablegen sollst. Ich habe nichts mit anderen Frauen. Du bist die Einzige. Ich liebe nur Dich", säuselte ich ihr vor, was sie dazu bewegte, mich sofort zu küssen.

Ich wusste, hier ist alles wieder in Ordnung, aber ich musste umgehend Magdalena informieren. Am nächsten Tag rief ich sie sofort aus dem Office an und teilte ihr mit, dass wir uns am späten Nachmittag nicht sehen können.

„Warum?", fragte sie naiv. „Weil wir gesehen und fotografiert wurden vor Deiner Haustür von irgendeiner Freundin von Andrea, verdammt noch mal. Meine Frau hat mir gestern Abend echt Ärger gemacht, aber ich konnte mich irgendwie rausreden. Ich habe ihr gesagt, wir beide hätten eine Überraschung geplant, die müssen wir natürlich jetzt auch präsentieren, ansonsten geht mir der Arsch auf Glatteis."

Magdalena war kein dummes Kind, sie verstand meine Problematik und dachte leise mit. „Pass auf", fuhr ich fort, „was hältst Du von einem verlängerten Wochenende von Freitag bis Sonntag in einem schönen Berghotel in den Alpen? Du kommst mit, auf meine Kosten natürlich, und bist bei uns, passt auf die Kinder auf, wenn Andrea und ich was alleine unternehmen wollen. Das ist dann sozusagen die Überraschung, die ich mit Dir besprochen habe. Du bekommst natürlich auch extra Geld dafür, sagen wir 200 Euro für die 3 Tage."

„300 Euro, ich bin schließlich 24 Stunden dabei jeden Tag, also 100 pro Tag." So eine Halsabschneiderin. „Gut, dann bekommst Du 300 Eier extra dafür", bestätigte ich ihr mündlich den Deal und wir fixierten ein Wochenende, von dem ich wusste, dass keiner der Beteiligten irgendwelche Termine hatte.

Gleichzeitig erklärte ich ihr, dass weitere Treffen derzeit sehr ungünstig seien, da wir unter Beobachtung stünden. Magda verstand.

Die nächsten 3 Tage war Andrea etwas auf Abstand aus, sie lehnte meine Flirt- und Sexversuche ab, was mich sehr verärgerte. Am vierten Tag versammelte ich meine Crew im Wohnzimmer und machte folgende Verkündung: „So, Ihr Lieben, Papa hat was Tolles organisiert, und zwar fahren wir von Freitag bis Sonntag weg." Die Kinder jubelten, Andrea schaute mich mit großen Augen an.

„Und zwar in ein Berghotel in den Alpen. Und Magda kommt mit, für Euch!", sprach ich Jean Paul und Anna Lina direkt an, die noch mehr jubelten und mich fest drückten. Andrea kamen Tränen der Freude und auch sie umarmte mich fest. „Ich habe das mit ihr besprochen, damit wir beide auch mal Zeit für uns haben", flüsterte ich ihr ins Ohr, woraufhin sie heftig zu schluchzen begann. „Ich habe den besten Mann der Welt!"

Ella, der Florida-Knaller

Es stand ein Trip in die USA an, wo wir eine internationale TV-Show produzieren sollten. Mit meiner Clique an besten Mitarbeitern flog ich nach Florida, um für die United Film Production Ltd. ein Konzept einer Action-/Reality-Show zu realisieren. Unser Hotel „Grand" war der Wahnsinn. Erschöpft nach dem langen Flug checkten wir ein und jeder von uns erhielt ein genial eingerichtetes Zimmer im 12. Stock mit Blick auf die City.

Florida ist eine interessante Stadt. Sie besteht aus der Halbinsel Florida sowie dem Festlandteil Florida Panhandle und liegt im Südosten der Vereinigten Staaten. An der Ostküste befindet sich der Atlantische Ozean, an West- und Südküste der Golf von Mexiko. Der Bundesstaat besitzt am südlichen Ende eine Inselkette, die „Keys".

Mit einer Gesamtfläche von 170.304 km² belegt Florida den 22. Platz unter den Bundesstaaten. 30.634 km² des Staatsgebietes sind Wasserflächen. Florida hat knapp 20 Millionen Einwohner, davon sind 78,1 Prozent Weiße. Seit 2014 ist Florida der drittbevölkerungsreichste Bundesstaat der Staaten. Genug geschwafelt über Land und Leute.

Schnell geschlafen, die Arbeit nahte. Wir fuhren nach der kurzen Nacht ins Headquarters, mit dem Mietauto knapp 30 Minuten durch die City. Dort erwarteten uns unsere amerikanischen Kolleginnen und Kollegen. Matt, der Crew-Chef, war ein Hühne mit Muskeln und Glatze. Er war in Amerika bereits für einige namhafte TV-Konzepte verantwortlich und freute sich sehr, mich, sein deutsches Pendant, kennenzulernen.

Sein Team umfasste 7 Leute, unter anderem die niedliche, blutjunge Azubi Ella. Sie war 18 jung, 1,60 m klein und 45 kg schlank. Sie wirkte mehr Mädchen als Frau, fast schon zerbrechlich, und doch so sexy. Ihre mittellangen hellbraunen Haare hatte sie zu einem Pferdeschwanz zusammengebunden, ihre hellblauen Augen funkelten wie Kristalle. Nach der Jeder-schüttelt-jedem-die-Hand-Vorstellungsrunde und Führung durch die Räumlichkeiten setzten wir uns an den Mastertisch und starteten mit der Planung.

Matt war ein Könner seines Fachs, er hatte alles gut vorbereitet. Schnell wurden mehrere Teams gebildet, die sich räumlich verteilten und mit ihrer Projektarbeit starteten.

Ella und ihr Kollege Jack, ein Kameramann, waren in meinem Team. Wir erarbeiteten die Grundlagen zügig und kamen bestens voran. So verging der Tag wie im Flug. Um 18 Uhr wieder Meeting am Round Table. Alle Teams waren fleißig gewesen und hatten ihr Tagesziel geschafft. Bravo!

„There´s the best Italian restaurant right around the corner", schlug Matt vor, zusammen den Abend zu zelebrieren. Gemeinsam, zu zwölft, nahmen wir Platz und quatschten uns die Zungen wund, bis das Essen kam. Ella hatte sich neben mich gesetzt und ich erfuhr einiges über sie: Ihre Eltern sind ein Polizist und eine Hausfrau, sie hat 2 jüngere Schwestern und 1 älteren Bruder. Keinen Freund, da sie dazu die Zeit nicht habe, meinte sie.

Nun war ich dran, mehr über mich preis zu geben. Sie durchlöcherte mich mit Fragen, die ich ihr alle ehrlich beantwortete. Meine Frau und Kinder zu verleugnen, das tue ich nicht. Ich zeigte ihr Fotos von meinen beiden kleinen Schätzen. „Very sweet", nickte sie fleißig und lächelte mich an. Als zufällig noch 2 Kollegen von Matt reinschneiten und sich zu uns gesellten, wurde es eng. Wir rutschten zusammen und ich hatte nun nach links und rechts engen Körperkontakt, zumindest mit den Oberschenkeln.

Rechts Kollege Jim war mir egal, aber links die süße Ella, das war mir wichtig. Sie zog nicht weg, im Gegenteil, ich hatte das Gefühl, sie drückte gegen und suchte meine Nähe. Das Essen war genial, meine Pasta Quattro 4 war Hammer. Nach paar Absackern war es schon kurz vor 12, wir entschieden uns schlafen zu gehen, um am nächsten Morgen fit zu sein.

Ich drückte Ella ein zärtliches Küsschen auf die Wangen links und rechts und merkte, da ist etwas Besonderes zwischen uns. Der nächste Arbeitstag war ebenso lang und hart, aber auch fortschrittlich und konstruktiv. Wieder hatten alle Teams ihre To-Do-Pläne abgearbeitet, und erneut ging es zum Italiener ums Eck. Im Laufe des Tages hatte sich der Blickkontakt zwischen Ella und mir intensiviert, die Funken flogen.

Da geht was, war mir klar. Wieder saß sie neben mir und suchte bewusst Körperkontakt. Als Matt einen jugendfreien Witz zum Besten gab, der echt genial war, lachten wir und applaudierten ihm. Hier der Witz zum Mitlachen:

An der CIA-Schule stehen 3 Agenten vorm Abschlusstest. Der Ausbilder sagt zum ersten: „Im nächsten Raum befindet sich Deine Freundin. Hier hast Du eine Pistole. Du hast 30 Sekunden, um sie umzubringen!" Nach 30 Sekunden kommt der Mann mit seiner Freundin an der Hand aus dem Raum, gibt dem Instruktor die Pistole zurück und sagt: „Tut mir leid, das kann ich nicht!"

Als der zweite an der Reihe ist, sagt der Ausbilder zu ihm: „Im nächsten Raum befindet sich Deine Verlobte. Hier hast Du eine Pistole. Du hast 30 Sekunden, um sie umzubringen!" Nach 30 Sekunden kommt der Mann mit seiner Verlobten an der Hand aus dem Raum, gibt dem Instruktor die Pistole zurück und sagt: „Tut mir leid, das kann ich nicht!"

Zum dritten sagt der Ausbilder: „Im nächsten Raum befindet sich Deine Frau, mit der Du schon 10 Jahre verheiratet bist. Hier hast Du eine Pistole. Du hast 30 Sekunden, um sie umzubringen!" Der Mann geht in den Raum. Nach 5 Sekunden ertönt ein fürchterlicher Lärm, und nach 20 Sekunden steht der Mann wieder vor der Tür und sagt zum Ausbilder: „Irgendein Idiot hat Platzpatronen in die Pistole gegeben. Ich habe sie mit dem Sessel erschlagen müssen."

Grandios, oder? Als sich der Applaus legte und alle ihre Hände wieder ablegten, lag plötzlich Ellas rechte Hand auf meinem linken Oberschenkel. Ich blickte sie an und sie strahlte zurück. Ah, ein kleiner, niedlicher Trick, um mir näher zu kommen. So mag ich das, so unschuldig und süß.

Während der große Matt weitere Witze rausposaunte, die alle ebenfalls einfach genial waren, landete Ellas Hand immer wieder auf meinem nun schon wartenden Oberschenkel, den sie zwischendurch ein wenig sanft knetete. Witz für Witz schmetterte Matt in die Runde, bis wir uns tränenreich alle in den Armen lagen. In meinem Arm befand sich Ella. Zu gerne hätte ich sie jetzt geküsst, aber nicht so öffentlich in der Runde. Um 22 Uhr meinte ich trocken:

„So, Jungs, ich bin müde, ich gehe", doch die anderen winkten ab, sie wollten noch bleiben. Ich zahlte, flüsterte Ella beim Küsschen rechts etwas ins Ohr, verabschiedete mich und ging vor die Tür. 5 Minuten später war Ella bei mir. Braves Ding. „Ich habe auch gesagt, dass ich müde bin und schlafen muss", lächelte sie mich sweet an. „Und, wie soll es jetzt weitergehen?", schaute sie mich mit ihren kristallinen Augen an.

„Was hältst Du von einem Spaziergang?", fragte ich und zog die frische Luft ein. „Hältst du 3 km durch, denn dann wären wir bei mir zu Hause." Ich grinste und setzte meinen rechten Fuß in Bewegung. Dann den linken. Schon nach 50 m lag ihre Hand in der meinen. Um die 1-km-Marke dann der erste Kuss. Zärtlich und süß war er. Ich musste mich mächtig bücken, um zu der Kleinen runterzukommen.

Schnellen und immer schnelleren Schrittes marschierten wir weiter, bis wir ihr Zuhause erreichten. Eine schöne 2-Zimmer-Wohnung erwartete mich. Hier fühlte ich mich wohl! Die kleine Maus drückte mich zärtlich aufs Bett und meinte, sie sei in 5 Minuten bei mir. Ich zog mir Mantel und Sakko aus, ebenso Schuhe und Hose. Und kuschelte mich aufs Bett. Ich hörte im Badezimmer spülen, rasieren, waschen, frisch machen. Alles davon mag ich. Dann öffnete sich die Tür und Ella stolzierte oben ohne auf mich zu.

Mein Mund öffnete sich wie die Brooklyn Bridge, ich konnte diesen zierlichen Frauenkörper kaum fassen. Das klein wenig Stoff bedeckte ihre Ritze. Ein Büschel dunkler Schamhaare konnte ich durchs Höschen erkennen. Sie kroch zu mir aufs Bett und legte sich auf mich drauf. Ich spürte sie kaum, bei ihrem Fliegengewicht. Die Küsse schmeckten gut und ihre Zunge erkundete meine Zähne, jeden einzeln.

Ich streichelte derweil ihre Hüfte und wanderte zu ihren Brüsten, die schick und wie eine Eins standen. Auch ihre Hände waren aktiv, und zwar unter meinem Hemd und in meiner Unterhose. Als sie meinen Dong vorsichtig berührte, hörte ich die Himmelglocken erklingen. Während meine Hand in ihr Höschen glitt und ich ihren Schamhügel kennenlernte, streichelte sie sanft meinen Penis hin und her. Er befand sich immer noch in meiner Unterhose und wollte raus.

Doch dazu kam es nicht, denn schon rollte plötzlich mein Orgasmus an und ich ejakulierte voll in meine U-Hose.

Ella störte das wenig, denn sie küsste intensiv weiter, schluckte meine Stöhner und streichelte genauso weiter wie bisher, ganz langsam, aber megaintensiv. Wann war ich das letzte Mal in meinen Slip gekommen? Vor 20 Jahren? Als Jugendlicher während der Pubertät, Stichwort „Feuchte Träume". Auch bei meinen ersten Liebeleien als Teenager ist mir das ein paar Mal passiert, ganz natürlich zu dieser Zeit, aber doch nicht als Erwachsenem!

Ella hatte mich so sanft und zärtlich, und doch mit genug Druck dort unten berührt und gestreichelt, dass ich einfach nicht anders konnte. Immer noch strich Ella auf und ab, während ich tief ausatmete und zusah, wie sie mir die Unterhose auszog und sich ihre Hände abwischte.

„Du hast magische Hände", lobte ich sie und küsste sie zur Belohnung lange auf den Mund. Sie ergriff meine Hand, schob sie in ihr schon nasses Höschen und meinte: „Und Du, hast auch Du magische Hände?" „Ja, noch besser: Ich habe eine magische Zunge", protzte ich und verschaffte mir klaren Zugang zu ihrem Paradiso.

Ein kleines, dunkles Schamhaarbüschel war das i-Tüpfelchen über ihren Schamlippen, die nun geleckt werden wollten. Mit meiner Zungen-Spezial-Technik verwöhnte ich sie, bis sie immer lauter wurde und schon nach wenigen Minuten mir ihren Orgasmus ins Gesicht drückte. Die Zarte schüttelte sich kräftig und sackte dann wie eine taube Nuss zusammen.

Als wir kuschelten, fiel mir erst die gigantische Spiegelwand neben dem Bett auf, die uns live and in living colour zeigte. Das törnte mich sofort an. Ich ergriff die Initiative und streichelte Ella schnell wieder in Laune, diesmal in Ficklaune. Aus ihrer Schublade zauberte sie ein Kondom und einen Silikon-Penisring mit kleinem Vibrator obenauf. Sie streichelte erneut meinen Dude, bis er steif und ready war.

Dann zog sie mir vorsichtig das Kondom über und befestigte den Silikonring am Wurzelausgang meinen Penis. Sie platzierte sich vor mich und kniete sich hin, also nahm ich sie von hinten.

Vorsichtig schob ich meinen Dick in ihre Muschi ein. In ihr war er wirklich ein Dick, im wahrsten Sinne des Wortes. Er füllte ihren Tunnel komplett aus. Das konnte ich spüren. Der Druck auf meiner Salami war enorm, ich wusste, lange konnte ich das nicht aushalten.

Langsam fickte ich sie von hinten und genoss den Anblick im Spiegel. Auch sie hatte ihre Kristallaugen aufgerissen und beobachtete unser Treiben. „Schneller", forderte sie mich auf. „Aber dann komme ich schon bald", gestand ich ihr. „Egal, dann komm, aber so ist es gerade geil", meinte sie leise und stöhnte laut weiter. Ich erfüllte ihr den Traum und nahm sie nun schneller und somit fester.

Keine 2 Minuten konnte ich das Tempo gehen, ohne mit der Konsequenz belohnt zu werden: Meinem Orgasmus. Der vibrierende Penisring tat sein Übrigens: Er, Ella und das Spiegelbild schenkten mir einen Hammer-O. Gleichzeitig bebte die Kleine groß. Auch sie kam zu einem überragenden Orgasmus, wie sie mir kurz darauf verriet.

So schön es mit ihr im Bett und im Arm war, musste ich doch in mein Hotelzimmer, da ich Andrea noch versprochen hatte, mich zu melden und sie via Skype zu sehen. Der Zeitunterschied macht es selbst um diese späte Uhrzeit möglich.

Ich dankte Ella für den wunderschönen Abend und versprach ihr, das zu wiederholen. Dann fuhr ich per Taxi zurück ins Hotel und schlief nach einem schönen Skype mit Andrea und John Paul glücklich ein.

Während wir die nächsten Tage fleißig weiterarbeiteten, gehörten die Abende und Nächte wieder Ella-Schatz. Das erste, was wir taten, war Liebe. Oder besser gesagt: Sex. Denn lieben tue ich meine Andrea back home.

Der Sex mit Ella war innig und vertraut, sie wusste genau, wie ich es wollte und besorgte es mir mit unfassbar guten Blowjobs und Ritten. Gleichzeitig durfte ich sie in jeder denkbaren Stellung vögeln. Jeden Morgen der Blowjob zum Wachwerden. Von Tag zu Tag erlebte die süße Maus mehr Orgasmen. „Ich weiß nicht, wie Du das machst", lobte sie mich, „normalerweise kann ich nur ein- oder höchstens zweimal hintereinander kommen, aber so oft wie bei Dir, das ist neu für mich."

Grinste sie mit einem liebevollen Kuss. Eines Tages fiel mir ein, dass ich ja meine Zweitausführung des Womanizers mit hatte. Als Überraschung für Ella nahm ich ihn eines Morgens mit zur Arbeit und dann abends mit zu Ella. Als wir uns frisch geduscht hatten und im Bett landeten, fragte ich sie, ob sie den Womanizer kennt. „Den Womanizer? Dich? Ja, kenne ich", zwinkerte sie mir zu.

Ich schüttelte entschieden meinen Kopf und erklärte ihr, dass ich damit ein Sex Toy meinte. Sie griff zur Schublade und holte einen modernen Klitoris-Rabitt hervor: „Das ist das einzige Toy, das ich habe." Ich freute mich, weil ich wusste, dass ich kurz davor stand, der kleinen Maus eine neue Dimension des weiblichen Orgasmus zu offenbaren.

„Voila", zauberte ich den Womanizer Pro aus meiner Tasche und präsentierte ihn. Ella staunte und fragte, wie der funktioniere. „Über Schwingungen, Schallwellen und so", erklärte ich ihr fachmännisch das Meisterwerk. „Ui", staunte sie, „und das funktioniert?" „Du wirst Augen machen", versprach ich ihr und befahl ihr, sich entspannt hinzulegen und ihre Beine ein wenig zu öffnen.

Während ich mich in ihren Arm kuschelte und meine Backe auf ihrer rechten Brust ablegte, steuerte ich den Womanizer über ihre Scham. Erwartungsvoll blickte sie das Teil an und wartete darauf, stimuliert zu werden. Ich drückte aufs Knöpfchen und hielt ihr den Sauger vorsichtig über ihre Klitoris.

„Ah", atmete sie tief ein und noch tiefer aus. „Das ist gut", lallte sie trunken und startete ihre Reise. Schnell fand ich genau die richtige Stelle und streichelte mit meiner anderen Hand die Innenseite ihrer Oberschenkel. „Das ist viel besser als mein Hase", stöhnte sie und drückte ihre immer größer werdende Klitoris gierig höher in die Öffnung des Gerätes hinein. Das wirkte.

Auch Stufe 2 wirkte. „Ich halte das nicht länger aus, ich muss kommen", informierte sie mich nach 3 Minuten Womanizer-Action und brüllte einen lauten Orgasmus heraus. So heftig war sie noch nie gekommen in all den Tagen. Ich war stolz, sie glücklich. „Unfassbar, was das Ding kann", hechelte sie und betrachtete den Womanizer genauer.

Sie drückte auf On und hielt ihn sich einfach selbst hin. „Möchte mal sehen, wie das funktioniert", schelmte sie.

Sofort war sie wieder in Stimmung und begann zu stöhnen. Doch Stufe 1 reichte ihr nicht. Gnadenlos schaltete sie durch sofort auf Maximum. Stufe 8 besorgte es ihr innerhalb von 2 Minuten. Polternd kam sie zu einem heftigen Höhepunkt und presste sich den Womanizer fast in die Scheide hinein. Ihre dunklen Schamhaare sträubten sich elektrisiert und kamen auch.

Ella war fasziniert von dem Apparat, doch nach 2 weiteren Highlights war nun ich an der Reihe. Darauf musste ich bestehen. Genüsslich leckte sie mir meine Eier und schenkte mir einen himmlischen Blowjob, den ich im Spiegel bewunderte. Mein Höhepunkt war für mich nicht sichtbar, denn sie schluckte mein Sperma, als wäre es Wasser.

Nach einer kurzen Nacht weckte sie mich früh morgens mit einem kondomisierten Ritt. Klein, jung und eng war ihre Pussy, was mir einen intensiven und pulsierenden Zuck-Orgasmus schenkte. Danach hatte sie wieder 4 Womanizer-Orgasmen. Diesmal durfte ich das Gerät halten. Sie kam zweimal auf dem Rücken liegend, einmal bäuchlings und einmal seitlich.

Ich muss dem Erfinder des Womanizers wirklich von ganzem Herzen gratulieren: Junge, das ist das beste Gerät, das je fürs Bett entwickelt wurde! Hut ab. Chapeau!

Der Womanizer wurde die Tage neben mir zu Ellas bestem Freund. Eines Abends konnte sie einfach nicht genug bekommen und kam über zehnmal. Wahnsinn! Und das innerhalb von nur 30 Minuten. Die Rides, Blowjobs und Handjobs von ihr waren fantastisch, wir fühlten uns immer enger verbunden und genossen die Zeit, die uns davon lief.

Auch die geselligen, lustigen Abende neigten sich dem Ende. Matt war der geborene Broadway-Entertainer. Witze ohne Ende. Er kannte keine Gnade mit uns. Die hatte ich abends auch nicht mit Ella: Ihre Pussy musste kommen, immer und immer wieder. Das hat das Spiel mit dem Wo-Pro halt so auf sich.

Die letzten beiden Abende mit Ella waren wunderschön. Beruflich hatten wir alles geschafft und ein geiles, neues TV-Konzept auf den Weg gebracht. Die Premiere wurde aufgezeichnet und wir hatten einen Erfolg im Kasten, wussten wir.

Die weiteren Episoden konnte Matt nun mit seinem Team allein produzieren.

Der Sex mit Ella war geil und gierig. Der Womanizer und ich schenkten ihr zahlreiche Orgasmen pro Sex-Session, und sie mir ebenso 2 bis 3 Höhepunkte jeweils, meistens einmal ficken und ein Hand-/Blowjob.

Doch leider geht auch die schönste Zeit zu Ende und schweren Herzens küsste ich Ella Lebewohl. Mit meinen Jungs und vielen geilen Erinnerungen an die 18 Jahre junge Ella ging es zurück nach München.

Buch-Tipps vom Womanizer

The Womanizer
Ich, der Fremdgeher 1
Die Abenteuer des Womanizers

Sex, Erotik, Liebe, Lust & Leidenschaft – dies ist die spannende Geschichte, die Autobiografie des Womanizers, eines Mannes, der seinem Leben keine Grenzen setzt und sich alle sexuellen Wünsche und Träume erfüllt.

Obwohl er glücklich in einer Beziehung mit seiner Freundin Andrea ist, die er über alles liebt, gönnt er sich alle Freiheiten, um das zu genießen, wovon andere Männer träumen. Er erlebt fantastische Abenteuer ebenso wie böse Reinfälle, heiße Affären, Sex mit 3 Frauen gleichzeitig, Erpressung, Glück und Leid in Beziehung und One Night Stands.

Erfahren Sie mehr über den Mann hinter der Maske und sein Leben. Fantasien werden Wirklichkeit, Wünsche wahr.

Ich, der Fremdgeher 1 ist ein hochexplosives und spannendes Werk, das den Leser fesselt, anregt und erregt. 63 Kapitel voller Sex, Lust und Leidenschaft. 200 Seiten pure Erotik.

Doch auch Schuld und Moral spielen eine Rolle. Immer wieder hinterfragt er sein schändliches Treiben und will seiner Freundin treu bleiben, doch die Lust ist zu groß und die weiblichen Reize sind zu stark ... und so stürzt er sich in das nächste Abenteuer.

Ein Buch, über das Sie noch lange sprechen werden!

ISBN 978-3-8423-2186-1
Books on Demand

Buch-Tipps vom Womanizer

The Womanizer
Ich, der Fremdgeher 2
Neue Abenteuer des Womanizers

Dies ist Teil 2, die prickelnde Fortsetzung der spannenden Lebensgeschichte des Womanizers, eines Mannes, der seinem Dasein keinerlei Grenzen setzt und sich alle seiner sexuellen Wünsche und Träume erfüllt.

Obwohl er mittlerweile glücklich verheiratet und stolzer Vater eines Sohnes ist, gönnt er sich die Freiheiten, um das zu genießen, wovon andere Männer nur träumen. Er erlebt fantastische Abenteuer ebenso wie böse Reinfälle, heiße Affären, Glück und Leid in Beziehung und One Night Stands.

Erfahren Sie alles über den Mann hinter der Maske und sein geniales Leben. Fantasien werden Wirklichkeit, Wünsche wahr.

Ich, der Fremdgeher 2 ist ein explosives und reizvolles Werk, das den Leser fesselt, anregt und erregt. 35 Kapitel voller Sex, Liebe und Leidenschaft, 200 Seiten pure Erotik, das ist die fantastische Welt des Womanizers.

Doch auch Schuld und Moral spielen eine Rolle. Immer wieder hinterfragt er sein schändliches Treiben und will seiner Frau treu bleiben, doch die Lust ist zu groß und die weiblichen Reize sind zu stark ... und so stürzt er sich in das nächste Abenteuer.

Die geniale Fortsetzung von Ich, der Fremdgeher 1. Ein Buch, das Sie nicht mehr loslassen wird, denn tief in Ihnen stecken auch der Trieb, die Lust, die Gier auf Erfüllung aller Ihrer sexuellen Wünsche und Fantasien.

ISBN 978-3-8448-7446-4
Books on Demand

Buch-Tipps vom Womanizer

The Womanizer
Ich, der Fremdgeher 3
Die letzten Geheimnisse des Womanizers

Dies ist Teil 3, der prickelnde Abschluss der Trilogie über das einzigartige Leben und Wirken des Womanizers, eines Mannes, der sich, trotz hübscher Ehefrau und zweier wundervoller Kinder, außertourlich alle seine sexuellen Wünsche und Träume erfüllt. Dabei erlebt er das, wovon andere Männer nur träumen.

Diesmal u.a.: Sex mit den blutjungen Animateurinnen Grit und Hanna, spannende Abenteuer in der Glory Hole Bar, eine heiße Romanze mit PR-Marketing-Lady Ella, der fantastische Vierer mit den US-Girls Chloe, Madison und Stella, Kindermädchen Magdalena auf Extratour, Erotikmassagen der göttlichen Luisa, Jugenderinnerungen an Raliza, Techtelmechtel mit Praktikantin Aiko, Reinfall mit Frauke, Oh Julia, Andreas geheime Kiste, Ü-50erin Sabrina, Playboy-Lifestyle mit den Hostessen Torrie und Whitney, die scharfe Kerstin u.v.m.

Ich, der Fremdgeher 3 ist ein explosives und reizvolles Werk, das den Leser fesselt, anregt und erregt. 34 Kapitel voller Sex, Liebe und Leidenschaft, 200 Seiten pure Erotik, das ist die extravagante Welt des Womanizers.

Die geile Fortsetzung von Ich, der Fremdgeher 1 & 2. Ein Buch, das Sie nicht mehr loslassen wird, denn tief in Ihnen stecken auch der Trieb, die Lust, die Gier auf Erfüllung aller Ihrer sexuellen Fantasien.

ISBN 978-3-7460-1524-8
Books on Demand

Buch-Tipps vom Womanizer

The Womanizer
Sex Bomb
100 Tricks, Frauen ins Bett zu bekommen

DER PLAYBOY TRICK * DER PIANIST TRICK * DER FEUERWEHRMANN TRICK * DER BABYSITTER TRICK * DER 6 RICHTIGE IM LOTTO TRICK * DER BILLARD TRICK * DER MAGISCHE ZETTEL TRICK * DER KINO TRICK * DER HUNDEHALTER TRICK * DER ROTE ROSEN TRICK * DER BARMANN TRICK * DER ZAUBER TRICK * DER CHEFREDAKTEUR TRICK * DER JUNG-FRAU TRICK * DER SPIONAGE TRICK * DER SCHLITTSCHUHLÄUFER TRICK * DER PORNODARSTELLER TRICK * DER MASSEUR TRICK * DER VERFLOS-SENEN TRICK * DER SCARY MOVIE TRICK * DER BUCHAUTOR TRICK * DER FUSSBALLSPIELER TRICK * DER BLIND DATE TRICK * DER KOLLEGIN TRICK * DER FOTOGRAF TRICK * DER GIPS TRICK * DER KONZERT TRICK * DER WETTE TRICK * DER REPORTER TRICK * DER SAUNA TRICK * DER KAMASUTRA TRICK * DER CHARLIE SHEEN TRICK * DER SCHLANGEN TRICK * DER WETTBEWERB TRICK * DER AMATEURPORNO TRICK * DER RESTAURANT CHEF TRICK * DER GEBURTSTAGSPARTY TRICK * DER UM-ZIEH TRICK * DER SCHÖNE FRAU TRICK * DER SHOPPING TRICK * DER CALLBOY TRICK * DER XXL-KONDOM TRICK * DER EBAY TRICK * DER EBAY DELUXE TRICK * DER BETTENKAUF TRICK * DER POKER TRICK * DER ANNA TRICK * DER MASKENBALL TRICK * DER EINKAUFS TRICK * DER EX ONE NIGHT STAND TRICK * DER DJ KUMPEL TRICK * DER POR-SCHE TRICK * DER BORDELL CASTING TRICK * DER BORDELL CASTING DELUXE TRICK * DER SEXSHOP TRICK * DER STILLE TRICK * DER E-MAIL TRICK * DER FACEBOOK PARTY TRICK * DER JOGGER TRICK * DER THER-MEN TRICK * DER ROBINSON CLUB CAMYUVA TRICK * DER 25 ZENTIME-TER TRICK * DER SALTO TRICK * DER TRAUM TRICK * DER COACHING FÜR SINGLES BUCH TRICK * DER 5 DVDS ZUR AUSWAHL TRICK * DER STRAPSE TRICK * DER MASSAGEKURS TRICK * DER VISITENKARTEN TRICK * DER WITZE TRICK * DER TAGEBUCH TRICK * DER VIBRATOR TRICK * DER SPIRITUELLE TRICK * DER TANZ TRICK * DER WELTREKORD TRICK * DER POLEN TRICK * DER 10 MINUTEN TRICK * DER VERLASSE-NEN TRICK * DER PFIFFIGE TRICK * DER SCHLAF MIT MIR TRICK * DER SCHAUSPIELFREUNDIN TRICK * DER GANZKÖRPERMASSAGE TRICK * DER FLOATING TRICK * DER ZUCKERWATTE TRICK * DER BUTLER TRICK * DER KÄLTE TRICK * DER PROMIFOTO TRICK * DER STEWARDESS TRICK * DER RETROSPEKTIVE TRICK * DER KUMPEL TRICK * DER CHEF TRICK * DER KAJAK TRICK * DER SCHWESTER TRICK * DER WEIHNACHTSMANN TRICK * DER PUTZFRAU TRICK * DER GESCHENK TRICK * DER SPRICH MICH AN TRICK * DER SADOMASO TRICK * DER ZAHLEN TRICK * DER SPEED-DATING TRICK

ISBN 978-3-8448-0574-1
Books on Demand

Buch-Tipps vom Womanizer

The Womanizer
Meine heißesten Sex-Abenteuer

The Womanizer präsentiert seine allerheißesten Sex-Abenteuer! Nach dem großen Erfolg seiner Bestseller Ich, der Fremdgeher Band 1-3 ist dies das nächste Meisterwerk des Mannes, der bereits über 1.000 Frauen im Bett hatte und als Casanova und Don Juan des 21. Jahrhunderts in die moderneren Geschichtsbücher eingehen wird.

Hier schildert er seine geilsten und heißesten Sex-Erlebnisse der letzten 10 Jahre seines aufregenden Lebens und Tuns: Barbara, Teresa, Mary, Iris, Tammy, Rimma, Caro, Lucy, Paula, Jenny, Gabi, Denise, Raliza, Katja, Angie, Anja, Jana, Celine und Alicia heißen die Damen, die The Womanizer für dieses Best of ausgewählt hat.

Jedes dieser Abenteuer zählt zu seinen Favourites. Tauchen Sie ein in die Welt und den Körper des Womanizers und erleben Sie mit ihm seine heißesten Sex-Abenteuer – live und hautnah, uncensored und geil, prickelnd und erlösend.

Spüren Sie die Zärtlichkeiten, den Sex, die Erotik, die Lust und die Leidenschaft, die dieses Buch zu einem interaktiven Lesevergnügen machen. The Womanizer wünscht Ihnen viel Freude mit Meine heißesten Sex-Abenteuer!

ISBN 978-3-8448-1952-6
Books on Demand

Buch-Tipps vom Womanizer

The Womanizer
SEXSÜCHTIG!
(M)EINE FRAU IST NICHT GENUG

(M)EINE FRAU IST NICHT GENUG – das ist die Philosophie,
das Lebensmotto des Womanizers!

Nach seinen vielen Bestseller-Büchern präsentiert der Playboy
des 21. Jahrhunderts nun sein vorerst letztes Werk *SEXSÜCH-
TIG!,* in dem er die wundervolle Beziehung zu seiner Frau Andrea beschreibt und gleichzeitig über seine besten und geilsten
Seitensprünge intimst Auskunft gibt.

Erfahren Sie mehr über den Mann, der über 1.000 Frauen im
Bett hatte, und seine heißen Sex-Abenteuer mit Isabel, Simone,
Carmen, Melly, Sandy, Samira, Michèle, Bianca, Lena, Silke,
Lolita und Wendy. Megaerotisch und anregend sind seine Schil-
derungen von Liebe, Sex und Zärtlichkeit, Lust und Leiden-
schaft, Gier und Verlangen.

(M)EINE FRAU IST NICHT GENUG – der Drang nach neuen
Erfahrungen, nach jungen, schönen Körpern und tabulosen Mädels ist groß. Und die Mädels sind willig.

The Womanizer nimmt sie gerne, aber nur die Besten! Und was
die so alles können, erfahren Sie in diesem Buch!

ISBN 978-3-8482-0035-1
Books on Demand

Buch-Tipps vom Womanizer

The Womanizer
Sexy!
Memoiren eines Playboys

Tauchen Sie ein in eine Welt voller Lust, Leidenschaft, Sex und Erotik! The Womanizer präsentiert seine Memoiren und berichtet von seinen geilsten Sex-Abenteuern mit blutjungen, bildhübschen 18-jährigen Mädchen bis hin zu 43-jährigen, reifen Damen.

Sie alle sind ihm hilflos verfallen und finden einen Ehrenplatz in diesem spannenden Werk, das durch intimste Schilderungen und faszinierende Erlebnisse überzeugt.

„Sexy!" ist ein interaktives Lesevergnügen – The Womanizer erzählt seine Begegnungen hautnah und lebendig, als wären Sie persönlich dabei. Freuen Sie sich auf 24 Ladies und ihre Traumkörper, ihre Lust und Gier nach einem Mann, der sie glücklich macht.

Anhand seiner extraorbitanten Leistungen ist The Womanizer zweifelsohne DER Playboy des laufenden 21. Jahrhunderts! Wir sagen: Viel Spaß beim Lesen und Genießen dieses Buches!

ISBN 978-3-8482-0153-2
Books on Demand

Buch-Tipps vom Womanizer

The Womanizer
Verbotene Lust!
Sex ist mein Leben

In „Verbotene Lust!" führe ich Sie in meine geile Vergangenheit und präsentiere einige Raritäten und Perlen meiner sexuellen Lust. Da ich meine Abenteuer dokumentiere, weiß ich exakt Bescheid und kann detailgenau das schildern, was ich erlebe, wovon andere Männer nur träumen.

Auch wenn diese Lust eigentlich „verboten" ist, so ist sie für mich normal. Ich sehe nichts Schlimmes daran, dass ich mich sexuell auslebe und mir meinen Spaß in anderen Betten hole. Ich verletze meine Ehefrau Andrea ja nicht, sie kennt halt nur nicht die volle Wahrheit. Und die wird sie auch nie erfahren.

Freuen Sie sich auf meine sexuellen Abenteuer mit der Therapeutin Silva, das Maskenball-Spektakel, den sensationellen Vierer mit Kylie & Nele & Helene, die Sex-Toy-Verkäuferin Cathy, die Praktikantin Kerstin, das 18-jährige Kindermädchen Magda u.v.m.

Sex ist mein Leben, daher werde ich stets die „Verbotene Lust" mitnehmen, leben und genießen, denn ich bin und bleibe The One & Only Womanizer!

ISBN 978-3-7460-4353-1
Books on Demand

Buch-Tipps vom Womanizer

The Womanizer
Meine besten Dreier
2 Ladies & The Womanizer

Was für viele Männer ein ewiger, unerfüllter Traum bleibt, ist für mich geile Realität: Der sagenumwobene flotte Dreier! Ach, wie oft schon habe ich 2 Frauen gleichzeitig im Bett gehabt und sensationelle Stunden mit ihnen erlebt. Wenn auf einmal 4 Hände und 2 Münder loslegen und ihr Allerbestes geben, dann sieht man die Sterne funkeln.

Nach meinen Verkaufsschlagern Ich, der Fremdgeher 1-3, diversen Fortsetzungen und Specials ist es an der Zeit, der großen Nachfrage gerecht zu werden und den Spot auf meine besten Dreier zu lenken. Hierbei gilt das Gesetz: Wenn ich Gruppensex habe, bin ich der einzige Mann! Platz für einen zweiten gibt es nicht. Und die Frauen, mit denen ich es treibe, müssen hübsch und geil sein. Sexhungrig, offen für alles.

Wenn meine geschätzte Frau Andrea von meiner Dreier-Leidenschaft wüsste, würde sie mich umbringen. Nun ja, einmal hat sie ja selbst mitgemacht, mit der süßen Lena. Dieser ganz besondere Dreier wird ausführlich im Werk behandelt und erhält als Abschlusskapitel den Ehrenplatz. Aber sonst bin ich für Andrea ein liebender, treuer und einfach der perfekte Ehemann und Partner. Bin ich ja auch, bis auf das mit der Treue …

Lassen Sie sich eines versichern: Wenn Sie bisher noch keinen Dreier mit 2 Frauen erlebt haben, Sie Armer, dann haben Sie wirklich etwas Ultimatives verpasst!

ISBN 978-3-7528-3132-0
Books on Demand

Buch-Tipps vom Womanizer

The Womanizer
Geile 18
Jung, Schön, Sexy & Versaut

Die Zahl 18 ist eine magische, denn sie beschreibt die Eigenschaften, die mir an Frauen wichtig sind: Jung, Schön, Sexy & Versaut! Ich spreche von Göttinnen, die soeben die Grenze vom Mädchen zur Frau überschritten haben und sich in einem überaus reizvollen Alter befinden.

Wenn ein Mädchen endlich volljährig wird, steht sie mir offen. Yeah! Ihre süßen, noch mädchenhaften Rundungen, ihr straffer, faltenfreier Körper, ihr naiver, unschuldiger Blick – all das verführt mich ungemein. Noch mehr verführen mich die 18-jährigen Luder, die es darauf anlegen. Die um Analsex betteln, Fesselspiele beherrschen, Sperma genüsslich schlucken und genau wissen, wie sie mich genial befriedigen können. Die mit 18 bereits alle Tabus abgelegt haben, um im Bett ihre und meine Erfüllung zu erleben.

Als Familienvater Ende 30, mit der tollen Andrea verheiratet und Vater zweier wundervoller Kinder, als renommierter TV-Produzent und Gutverdiener, ist es mir eine Ehre, auch heute noch mir das zu holen, was ich möchte. Sexuell. In meinem Leben habe ich bereits über 1.500 Frauen im Bett gehabt, davon waren sicher 100 dabei, die Sweet Little Eighteen waren.

Aufgrund großer Nachfrage habe ich meine besten sexuellen Erlebnisse mit 18-jährigen Girls zusammengestellt. Und dabei festgestellt: Ein Buch reicht dafür nicht aus! Daher kündige ich jetzt schon eine Fortsetzung dieses Werkes an.

ISBN 978-3-7528-8060-1
Books on Demand